굿바이소울

굿바이소울

초판 1쇄 인쇄 2018년 4월 5일
초판 1쇄 발행 2018년 4월 16일

지 은 이 이주희
디 자 인 박애리
펴 낸 이 백승대
펴 낸 곳 매직하우스

출판등록 2007년 9월 27일 제313-2007-000193
주　　소 서울시 마포구 월드컵북로38가길 14(중동)
전　　화 02) 323-8921
팩　　스 02) 323-8920
이 메 일 magicsina@naver.com
I S B N 978-89-93342-68-0

*책값은 표지 뒤쪽에 있습니다.
*파본은 본사와 구입하신 서점에서 교환해드립니다.

굿바이소울

이주희 장편소설

Magic House
마법의책공장

목차

1장. 사랑에 관대하지 않은

책속의 인물들은 영원불멸인 것처럼, 지구상의 모든 생명들이
죽어도 그들은 이야기 속에 살아가는 것처럼, 우리의 사랑도.

차 한 대가 겨우 지나갈 정도의 좁은 골목에 여느 다른 카페
와 다를 바 없어 보이는 카페의 머리자락으로 '정신카페'의 간
판이 보였다. 정신카페의 아침은 언제나처럼 평온했다. 정신은
다용도실에서 커피가 담긴 머그잔을 한손에 든 채 자신의 상담
실로 들어섰다. 정신은 상담실의 큰 유리창을 뒤덮은 블라인드
를 한번 보고는 책상 위에 커피 잔을 내려놓고 블라인드 줄을
잡아당겼다. 마침표를 찍는 가을날의 화려한 아침 햇살이 정신
의 눈에 닿았다. 정신은, 유난히 아침 햇살을 병적으로 꺼려하
던 시절이 떠올랐다. 낮은 눈으로 허공에 시선을 두던 정신은

자신도 모르게 가벼운 웃음을 터트렸다. 그 웃음은 아주 먼 옛날 어느새 까마득한 시절의 대한 비웃음이었다. 어미의 첫 애인을 직면했을 때 정신은 놀랍지 않았다. 그토록 자신을 좋아한다던 여자애가 정신의 절친한 친구 집에서 자연스레 샤워 크림 냄새를 풍기며 나오는 것을 직면했을 때에도, 전혀. 그러나 몸서리치게 알고 싶지 않은 감정과 직면했을 때 정신은 놀래 기겁하며 주저앉았다. 불신. 그것이 정신의 마음 안에 지독히 자리 잡고 있음을 직면하게 되던 시절이었다. 정신은 비스듬히 웃고는 책상에 놓인 컴퓨터 모니터를 주시하고는 자리에 앉았다. 웹서핑을 하며, 기사를 클릭하다가 마우스 커서가 멈춰지는 눈에 띄는 기사가 있었다. '대백병원 이사장 딸이 깊은 잠의 빠진 이유'. 대백병원이라면 정신과 고등학교 동창인 경진이 이를 갈며 근무하고 있는 대학병원이다. 정신은 주의 깊게 타이틀 문장을 읽어나갔다. 그리곤 선뜻 시선을 멈췄다. '딸. 깊은 잠의 빠진 딸.' 의문의 얼굴로, 한참 동안이나 시선을 멈춘 채 앉아 있던 정신은 중얼거렸다.

"왜 계속 보고 있지?"

그때. 정신의 휴대폰이 울렸다. 며칠 째 토요일 밤이면 방황을 주도하는 모임의 우두머리 역할을 하고 있는 절친한 친구의 전화임을 예상하며 정신은 가벼운 표정으로 휴대폰을 집어 들었다.

"너 진짜 나올 거지 이번엔? 어?"

정신은 어이 상실한 표정을 지은 채 한 손을 들어올렸다.

"또냐? 지겹다 아침부터."

정신의 말이 끝나기가 무섭게 친구의 다정한 목소리가 들려왔다.

"먹고 죽은 시절이 그립다고 했던 놈이 누구였더라?"

"그래. 내가 그랬다 3년 전에."

휴대폰 너머로 해괴한 웃음소리가 전해졌다.

"암튼 나와. 깨진 약혼 축하도 해주고 좋잖아."

정신은 의외의 얼굴을 했다. 얼마 전까지만 해도 곧 결혼할 것처럼 굴더니. 아, 물론 여자 쪽 분위기의 휩쓸려서.

"이게 참 이상한데 …. 약혼 깨면 맘 편할 줄 알았는데 그건 또 아니더라. 근데 이놈의 욱하는 성질은 경진이 놈을 닮았는지 결혼 생각 없는 나보고 파렴치한 놈이라는데 …. 거기서 다 쏟아지더라 그냥."

정신은 웃음기 배인 얼굴을 비스듬히 기울여 말했다.

"그렇겠지. 이기적인 남자에게 상처받은 여자 코스프레 하는 게 더 낫겠지. 남자 마음 하나 사로잡지 못했던 여자보다."

휴대폰 너머로 사람 좋은 친구의 조금 허탈한 웃음이 들려왔다.

"야 …. 넌 또 뭘 그렇게까지 …. 암튼 오늘 꼭 나와라."

정신은 얼굴을 가볍게 절래하고는 고개를 끄덕였다.

"그래."

푸른빛이 선명한 서울의 밤. 자동차 헤드라이트의 환한 불빛
이 그대로 반사되어 해연의 눈가에 비쳤다. 느긋하게 지나가는
수많은 택시 중 빈차가 한 대도 없다니. 풀이 죽어 작은 한숨을
내쉬던 해연은 턱까지 올려 맨 머플러를 가벼운 손짓으로 풀어
버리고는 작은 가방에서 오래되어 표면이 벗겨진 CD플레이어
의 붙어있는 이어폰을 겨울이 다가오는 바람에 반쯤 언 두 귀에
꽂아 넣었다. 마침표를 찍는 가을날의 차가운 바람이 해연의 어
깨를 약간 들썩이게 했지만 개의치 않았다.

"정신 씨 어서 사랑한다고 말해 봐요. 응? 해 보라니까?"

해연과 불과 몇 걸음 거리에 서 있는· 술에 흠뻑 취한 듯 비틀
거리는 정신을 부축하며 빨간 입술을 내밀곤 만사불성이 된 정
신의 팔을 슬쩍 자신의 좁은 어깨 위에 올려놓던 여자가 말했
다. 해연은, 늘어진 채 서 있는 정신에게 천천히 시선을 옮겼다.
미모의 여자가 그것도 겨울이 다가오는 날 매끈한 몸매를 드러
내놓고도 사랑 구걸을 할 만한 남자인가 싶어서였다. 말없이 고
개를 푹 숙이고 서 있던 정신은 지그시 눈을 감은 채로 자신에
게 짙은 화장품 냄새를 풍기는 여자에게 화사한 미소를 지으며
입을 떼어냈다.

"말해야 알아?"

정신의 단조로운 대답이 끝나자마자 해연은 비스듬히 웃었다. 사랑에는 관대하지 않은 바람둥이. 무겁고 비싼 입을 드디어 떼어낸 듯 보이는 정신은 자세를 바꾸려는 듯 자신에게 계속해서 핀잔과 요구 사항을 늘어놓고 있는 여자의 어깨에서 천천히 왼팔을 떼어 내려놓으며 잘생긴 얼굴로 짐짓 진지한 표정을 지었다.

"넌 머리로 하니? 사랑을."

곧이어 기다렸다는 듯 정신은 마침내 흔들리는 눈을 하는 여자를 확인했다. 듣고 싶은 것을 이제야 얻은 여자의 표정은 꽤나 그럴싸하게 변하고 있었다. 여자의 반응을 확인한 정신은 금방 무미건조한 시선으로 의미 없이 주변 풍경을 둘러봤다. 그런데 그때, 불과 몇 걸음 앞에서 자신을 지그시 바라보고 있는 해연에게로 정신의 의미 없어 바래져있는 시선이 멈춰졌다. 정신은 가슴까지 내려온 머리와 길게 늘어진 네이비 색 머플러를 한 손에 쥔 채 덩그러니 서 있는 해연을 주시했다. 정신과 눈을 마주칠 때면 창피해 금세 눈을 돌리던 지극히 정상적인 여자들과는 다른 해연을. 겨울이 다가오는 찬바람 탓인지 정신의 얼어있는 입가에 희미한 미소가 그려졌다. 정신은 자신의 시선을 피하지 않고 내내 정신의 도발적인 시선을 맞대응하는 해연을 오기 어린 시선으로 바라보며 말을 이어나갔다. 정신의 눈빛은 달빛의 반사되어 파랗게 빛났다.

"사랑은 말이야 가슴으로 하는 거야. 여기."

해연은 자신을 지그시 바라보면서, 여자의 가느다란 손을 왼쪽 가슴으로 올려놓는 정신의 표정을 이윽고 확인했다. 해연의 가슴은 두 귀에 꽂은 이어폰에서 흐르는 음악의 리듬처럼 세차게 울렁거렸다. 자신의 얼굴을 조금 상기된 채 바라보고 있는 정신의 표정과도 제법 비슷한 노래라고 생각했다. 정신은 여자의 손을 붙잡은 자신의 왼손을 타고 요동치는 전율이 전해져오는 자신의 심장 박동에 집중했다. 해연의 오묘하고도 깊은 시선이 더해질수록 사태는 심각해졌다. 여태껏 거짓말처럼 그렇게 미친 것처럼 뛰고 있는 그의 심장이 있었다.

"……. 멈출 수 없을 만큼 이렇게."

대백병원.

"서울 시내에 대학병원 많아. 몇 군데 찔러보면 나온다니까?"

며칠이나 안감은 머리를 볼펜으로 긁적이던 해성이 말했다. 해성의 거들먹거리는 말뜻은 '레지던트 1년 차 주제에 똥 씹은 얼굴로 짧은 목 접어가며 고개 푹 하지 말자.' 란 뜻이었다. 어떻게 알 수 있냐고?

"야 이 새끼야 괜찮아 갈 수 있다니까! 내가 있는 곳에 너만 없다면."

진심으로 호응하다, 마지막 말미의 싸한 목소리를 풍기는 해성의 강력한 경고의 말에 경진은 마지못해 숙이고 있었던 얼굴을 살짝 들어 무뚝뚝한 표정을 풀지 못한 채 말해나갔다.

"형이 없는 곳은 싫습니다."

경진은 가벼운 차트를 겨드랑이 사이의 낀 채 발 빠르게 중환자실 복도를 통과하고 있었다. 아침부터 년차 높은 동갑내기 선배에게 군기 잡혀주느라 고된 하루가 될 것임을 예상했지만. 재빠른 걸음으로 복도를 통과하던 경진은 작은 욕설을 내뱉으며 자리에 멈춰 섰다.

"염병할!"

사실, '군기 잡는 대백병원 이사장 아들은 2년차 레지던트'라는 별명을 달고 다니는 '형'에게 받는 질타는 군대에서 동갑이었던 상급자에게 받아온 온갖 모진 질타를 연상하게도 했지만. 그러나 기다리고 기다리던 이제야 들리는 소문으로는 "군기 잡는 형 오늘 없어진데요 이 병원에서." 경진은 아싸리 웃음을 참지 못했다. 네가 드디어 아버지 부름으로 불려와 아버지 부름으로 나가는구나. 경진은 해괴한 비웃음 소리를 키득거리면서 얼추 막은 주먹 사이로 흘려보내다가, 자신이 지난날 혹시 모르게 저질러버렸을 과오를 짐작해보려 머리를 굴렸다. 그러나 경진은 다시금 입가에 쓴 조소를 그렸다. 제법 능청스런 자신의 주접이 그동안 역경 속에서 곧잘 통하곤 하여 크게 지랄 맞은 상황까지는 면할 수 있었다. 경진은 그동안 참아왔던 지난 날들의 시련이 떠올라 열이 오르는 머리를 감싸고 눈을 질끈 감고는 몇 분 동안이나 꼼짝하지 않고 서 있었다. 그러나 그러는 것도 잠시 금세 번쩍 눈을 뜨며 홀로이 응원의 말을 되 뇌이면서 빠르고도 경쾌한 발걸음을 내딛었다.

"오늘만 참자. 오늘만!"

어느 사이 병실 복도를 걸어가던 경진은 들떠있던 표정을 순식간에 말끔한 표정으로 바꿔 심신을 가다듬었다.

열흘 동안 반 혼수상태에서 깨어나지 못하고 있는 그녀를 만나기 때문에. 어느 날 그녀는 '형'에게 받은 참지 못할 역겨운 분노 속에서 다혈질 경진을 '인내의 길'로 인도해주던 진정한 구원자였다. 어느 사이 경진은 숙연한 얼굴로 조심스레 병실 문을 열어 깊은 잠속에 빠져있는 그녀에게 천천히 걸어갔다. 깨어 있을 때의 그녀는 잔 다르크 같았다. 정말이지 틀림없었다.

열흘 전, 그날도 어김없이 군기 잡는 형에게 열심히 갈굼 받고 있었는데, 갑자기 다가온 혜성 같은 그녀의 등장으로, 정확히 말하면 해성의 면전 앞에서 두 귀가 빨개져, 툭 건들기만 해도 그동안 억눌렀던 분노들이 심플한 욕설로 나왔을 법한 상황속에서 빨간 얼굴을 한 경진에게 조용히 귓속말로 삶의 지혜가 담긴 정보 한마디를 뱉어준 사람이었다.

"쟤 어제도 이불에 쉬했어."

아이처럼 깊은 잠에 **빠진** 그녀의 얼굴을 감성 돋은 시선으로 지그시 바라보던 경진이 그때 그녀를 빙의하듯 작게 중얼거렸다. 금세 경진은 안쓰러운 눈빛으로 작은 얼굴에 산소 호흡기로 반쯤 가려져 있는 그녀의 얼굴을 꼼꼼히 훑었다. 아직도 이불에 오줌을 싸는 스물일곱 살 처먹은 해성을 동생으로 둔 그녀이기도 하였지만. 사실, 지금은 '이불에 쉬했다'라는 말이 실은 그때 '엔젤 잔 다르크'였던 그녀가 자신을 격려하는 '최고의 응원이었을 것'이라고 생각했다. 감성의 **빠져있던** 경진은 깊은 숨을 내뱉었다. 잔 다르크 그녀는 원인 모르게 의식을 잃어 반 혼수상태에서 열흘 동안 깨어나지 못하고 있는 '대백병원 이사장'의 첫째 딸이자, 신데렐라라는 뒷 별명을 가진 미모의 입양아이기도 했다. '입양아'라는 것은 그저 들리는 소문 일수도 있지만 허나 정말 소문이 사실일지라도 경진의 맘속에서 그녀는 영원한 엔젤 잔 다르크이지만. 경진은 고개를 기울여 슬픔에 젖은 눈빛으로 그녀를 그 어느 때보다도 진하게 내려다봤다. 산소 호흡기로 얼굴을 뒤덮은 잔 다르크 그녀의 얼굴을 이제와 가까이서 들여다보니 그녀의 감은 두 눈가가 어제보다 조금 쳐져 있었다. 경진은 안쓰러운 마음이 묻어나는 깊은 숨을 내쉬면서 늦게나마 그녀의 이름을 기억하려 네임 카드를 찾았다. 짧은 네임 카드 종이에는 그녀의 틀림없는 이름이 적혀있었다. 마치, 세드엔딩 영화의 조연이라도 되는 것처럼 감정을 잡고 있던 경진은 그녀의 고운 얼굴에서 연민 가득한 진한 시선을 떼어내지 않은 채 반가움이 묻어나는 목소리로 중얼거렸다.

"해연 …. 이름이 해연이구나, 전해연."

침대 위. 곤히 잠들어 있던 정신은 어디선가 들려오는 조용한 음악소리에 감고 있던 두 눈을 천천히 떴다. 정신은 먼저 일어나 자신의 셔츠를 입은 채로 식탁에서 시리얼을 먹고 있는 여자를 확인하곤 자신도 모르게 술에 취해 저질렀을 그래봤자 기억나지 않을 자신의 과오를 생각하면서 질끈 눈을 다시 감았다.

"나도 자격증 취득할까봐. 음악 치료사 말이야."

정신은 어둠 속에서, 자신의 대답 없이도 언제나 홀로이 말을 내뱉는 여자의 목소리와 무심코 여자가 틀었을 2번 트랙의 음악을 어중간하게 흘러 보내며 술에 찌들어 피곤한 얼굴을 베개의 부드러운 감촉 속으로 깊이 묻어 넣었다. 2번 트랙의 마지막 노래가 끝나고 곧이어 3번 트랙의 첫 노래가 잔잔하게 흘러나왔다. 그때 무언가 번뜩하고 머릿속을 강타하며 지나감을 느낀 정신은 베개 속 깊이 파묻었던 얼굴을 약간 들어올렸다. 몇 주째 마음의 공터가 있는 환자들보다 거친 음악 속에 술병과 해방을 즐기느라 내내 잊고 있었던. 정신의 카페를 찾는 우울증 환자들에게 누누이 말하곤 했었던 치료 긍정 요법인 '떨림'을 태어나서 처음으로 입이 아닌 가슴으로 확인했던 그 순간이 정신의 머릿속 긴 흔적의 궤적을 남기며 지나가는 것이었다. 조금 혼란스런 얼굴로 빠르게 몸을 일으켜 옷가지를 챙기는 정신을 보며 여자는 평소 잘 하지 않는 얼굴을 하는 정신의 넋 나간 표정이 걱정되어 의아한 얼굴로 그의 안위를 물었지만, 역시나 정신이 대답해줄 리 없었다. 솔직히, 그도 지금 누군가에게 물어보고 싶었으니까. 현관에서 신발을 대강 신고 정신은 외투 주머니 속 휴대폰을 꺼내 전화를 걸며 문을 열었다. 몇 번의 신호음 끝에 마침 급하게 식사 중이었던 경진이 받았다.

"타이밍 한 번 봐라."

경진의 툭 튀어나오는 말에 정신은 꽤 진지한 얼굴을 했다.

"나 심장에 문제 있나봐."

수화기 너머로 경진의 헛웃음 소리와 함께 이죽거림이 전해졌다.

"머리가 아니고?"

정신은 답답한 듯 머플러를 풀어 헤치며 전화기를 바꿔들고는 걸음을 멈췄다.

"그렇지? 네가 듣기에도 안 믿기지?"

정신의 앞 뒤 빼먹은 물음에 경진은 헛웃음을 흘리며 쯧쯧 혀를 찼다.

"근데 이 새끼가 진짜 …. 귀신이라도 본 거냐? 지랄병이 또 도진 거야? 아침부터 전화해서 지랄 …."

다혈질 경진의 극도로 예민한 질타가 들려왔다. 그러나 정신은 마침표를 찍는 가을날의 선선한 바람을 맞이하며 그날 해연의 손에 들려 있던, 가을바람에 자유스레 휘날리던 머플러를 떠올리며 나지막이 말했다.

"떨렸거든 …. 내가."

경진은 그 뜻을 정확히 알 수 없는 정신의 말 때문에 조금 크게 소리치던 목소리를 죽였다.

"뭐? 뭘 떨려?"

무미건조 했던 정신의 얼굴로 조금 따뜻한 햇살을 닮은 가을날의 바람이 마치 봄바람처럼 은근하게 불어왔다. 정신의 입가에 희미한 미소가 그려졌다.

"누굴까 …. 그 여자."

경진은 이젠 못 참아주겠다는 듯 언성을 높였다. 정신은 봇물 터지듯 흘러나오는 다혈질 경진의 질타에 휴대폰을 약간 멀게 떼어낸 뒤 통화를 종료했다.

정신은 의문의 얼굴로 어색한 듯 자신의 왼쪽 가슴에 손을 얹어 놓으며 중얼거렸다. 경진이 방금 내뱉었던 것들 중 그저 하나였을 뿐인 말을.

"미친놈."

이사장실. 우두커니 서 있는 풍채 좋은 노년의 남자를 바라보고는 해성은 분노 섞인 표정을 감추지 못하며 말을 이었다.

"정말 말 안 해 주실 거예요?"

해성은 이젠 알아야한다는 말을 하는 중이었다. 모두가 쉬쉬했지만 가장 중요하기도 한 사실과 진실을.

"네가 신경 쓸 문제가 아니다."

"아무리 다른 피가 섞였어도 우리 누나예요. 아버지!"

해성은 지는 해를 마주보고 등을 보이며 서 있는 노년의 남자에게 소리쳤다. 호적상 서류를 제외하고 명백한 남일지라도 해성은 해연에게 꼬박 '누나'라고 부르면서 자랐다. 홀로 자란 짧은 세월. 어느 날 갑자기 '누나'라고 불러야하는 '누나'가 거대한 집에 예고 없이 들어왔을 때에도 해성은 오히려 쌍수를 들고 환영할 만큼 반가웠다. 말수 없던 해연도 해성에게 만큼은 남들이 친남매다 싶을 정도로 조금은 괴팍하지만 다정다감했다. 그런데, 제 멋대로 이긴 해도 평소 외박하는 일이 손꼽힐 정도이었던 해연을 불현듯 병원 입원 침대에서 호흡기를 쓰고 누워있는 채로 만나게 될 줄이야. 해연이 무슨 이유 탓으로 반 혼수상태의 이르렀는지 그것이 남들이 쉬쉬할 문제가 되었는지 20년 동안 같은 하늘 아래에서 살았던 해성이 신경 쓸 문제가 아닐 줄이야. 해성은 복잡한 마음으로 얼굴을 구기며 주체할 수 없는 울컥함에 소리쳤다.

"혹시 …. 아버지 때문에 저래요? 또 해연 누나 엄마 얘기 하셨어요, 그래요?"

여태껏 한 번도 그 누구도 쉽게 다가갈 수 없는 무거운 공기를 가진 노년의 남자가 살짝 뒤를 돌았다. 한 집에 살면서도 감히 볼 수 없었던 넘어설 수 없는 장벽 같았던 노년 남자의 슬픈 표정이 드러났다. 겪어본 적도 없는 슬픔이 전해져온다. 보고 있는 해성마저 숨이 턱 막힐 만큼의 고통이 슬픔과는 차원이 다른 물기 젖은 감정들이 해성의 가슴으로 날아와 주먹질을 시작했다. 해성은 쿡쿡 찔려오는 가슴을 분노 속에서 외면하며 가라앉은 무거운 공기 속 절대적인 침묵을 지키는 노년의 남자와 어딘지 비슷한 얼굴로 단단하게 말해나갔다.

"아버지 뜻대로 하시겠죠. 전 제 뜻대로 하면 되는 거고 우리 누나 일을 …. 진실을 알고 있는 남 입으로 듣게 하시네요, 기어코."

해성은 불끈 쥔 주먹에 힘을 주었다. 창가의 한 줄기 햇살이 드리우는 곳에서 노년의 남자는 힐끔 해성을 쳐다보며 말했다.

"네 엄마를 닮아 쓸 때 없이 나서는구나."

해성의 두 눈에 차가운 조소가 베였다.

"엄마를 걸어?"

그녀의 흔적을 찾으려고 온갖 자료를 뒤져봐도 해성을 낳고 나자마자 죽은 그녀의 사진 한 장을 찾을 수가 없었다. 그 흔한 옛날 사진까지 원인불명으로 전부 다 사라져버렸다. 해성은 음울한 눈으로 노년 남자의 뒷모습을 바라봤다. 누구에 의해서인지는 알았다.

"가끔 그래요. 엄마가 왜 죽었는지 알 것만 같아."

엄마 얘기를 꺼낼 때면 저렇게 시퍼런 날이 서는 해성을 잘 안다는 듯 노년의 남자는 고개를 대강 끄덕였다.

"또 시작이구나."

해성은 목에 핏줄을 세웠다.

"간 사람 흔적까지 지우셔야 했어요? 그렇게 없었던 사람 될 줄 아셨어요? 이렇게 아버지 곁에서 살아 숨 쉬고 있어!"

노년의 남자는 뒤를 돌아 해성을 마주했다.

"네까짓 게 뭐라고 생각해?"

해성의 얼굴에 푸르른 그림자가 깔렸다. 노년 남자는 고개를 기울였다.

"네가 나설 수 있는 일과 그러지 못할 일이 있다. 이제 그 정도는 알잖아?"

해성의 입에서 쓰디쓴 웃음이 흘러나왔다. 문득 남자가 가여워졌다.

"아버지란 사람을 닮지 않아서 아버지란 사람 곁에 엄마가 살아 숨 쉬고 있는 꼴을 보지 못해서 다행이야. 그게 더 슬프네."

해성의 눈가에 흐릿한 물기가 차오른다. 노년의 남자는 비스듬히 웃었다.

"네 엄마를 닮았어. 티가 나."

말을 뱉고 느릿하게 뒤를 돌아 창가 너머에 시선을 던지는 노년 남자를 바라보는 해성의 얼굴에 서서히 비릿한 미소가 번졌다. 해성은 고개를 숙이며 조금 더 진하게 미소지어버리고는 손가락으로 대강 코를 비비곤 발걸음을 떼어내 이사장실을 빠져나갔다.

해성은 숙연한 얼굴로 해연이 잠들어있는 병실 문을 열었다. 깊은 잠에 빠진 것으로만 보이는 해연이 있었다. 해성은 메마른 입술에 침을 묻히며 얼굴에 호흡기를 쓴 채 잠들어있는 누나의 곁으로 걸어갔다. 해연은 어제보다 조금 말라있는 얼굴로 눈은 감고 있지만 곧 깨어날 것처럼 쌔근쌔근 작은 숨소리를 냈다. 깊은 꿈을 꾸고 있는 것이었다.

인간에게는 만나야할 별이 있다고 했다.

언젠가, 해연이 아주 어렸을 적 누군가 잠들어있는 해연의 귀에 따뜻한 입김이 뒤섞인 음성으로 자장가처럼 들려주곤 하던 이야기이었다. 그 누군가가 엄마라고 확신할 수 있었을 때는 아주 오랜 시간 많은 계절이 뒤바뀌었을 때이지만 해연은 분명하고도 선명하게 기억하고 있었다. 잊을 수 없는, 인간의 필요 욕구처럼.

조금 오랜 시간 삭막함이 전부일 뿐인 어둠 속 광활한 광경이 해연의 눈앞에서 펼쳐졌다. 조용하고 고요한 우주 안의 무수히 많은 천체와 별들은 단 한 번도 변한 적 없는 것처럼 찬란하게 자리하고 있었다. 태양이라는 광대한 천체의 군주마저 은근슬쩍 자리를 내어주는 것처럼 언제나 그곳에서 존재했던 별들처럼 경이롭게 빛나고 있었다. 그때 해연과 가장 가까이에 있던 경이로운 별들의 음성이 해연의 두 귀에 희미하지만 분명하게 아직 존재하지 않는 쇼팽의 연주곡처럼 은근하고도 고요하게 들려왔다.

"생각해봐. 너의 생각은 빛의 속도 보다 빠르지. 빛은 너의 눈에 닿을 수 있지만 생각은 볼 수 없는 것처럼."

해연은 신비한 광경을 눈앞에서 보고 있는 이와 같은 얼굴로 갸우뚱하며 고개를 기울였다. 그러자 또 다시 해연의 두 귀로 고귀한 별들의 음성이 들려왔다.

"빛의 속도 보다 빠른 너의 생각이 닿을 수 있는 곳은 어떠한 영혼이겠지. 그곳은 어떠한 영혼이겠지."

해연의 두 귀에 조그맣게 닿았던 음성들은 그 모든 전율들은 마치 연주가 끝이 난 것처럼 침묵을 지키며 점차 고요해졌다. 해연은, 언젠가 엄마가 들려주던 이야기가 떠올랐다. 그 모든 것들은 깊은 잠에 빠져들었을 때에만 들을 수 있었던 이야기였다.

"조용한 음악 속에 아기 곰이 눈을 감고 있으면 그것은 잠을 자는 곰이지만 비극을 알리는 음악 속에 아기 곰이 눈을 감고 있으면 그것은 죽은 곰이란다. 보이는 것이 전부가 아닌 거야. 가끔은 그런 것들이 놀라울 정도로 존재한단다. 또 너의 별이 그렇지."

엄마 품의 잠들어있던 어린 해연은 쌔근쌔근 깊은 숨소리를 내며 깊은 잠에 푹 빠져들었지만. 두 눈 가득 눈물을 머금고 있던 해연은 눈앞에서 보이는 어린 날의 회상 속으로 조용히 물었다. 그때 미처 묻지 못했던 오래된 후회의 물음을 물었다. '나의 별이요? 엄마 …. 나의 별이요?' 깊은 잠에 빠진 작고 어린 해연의 머리를 쓰다듬어주던 엄마는 말했다.

"그 별은, 너의 영혼이 가난할 때의 너를 지켜주고 너의 영혼이 외로울 때 너에게 영원을 선물해 줄 거란다. 그것은 많은 사람일 수도 있고, 동물일 수도 있고, 친구일 수도 있고, 사랑일 수도 있지."

해연은 펑펑 울고 싶었다. 한 번만이라도 좋으니 당장 일어나라고 그때의 어린 자신을 소리쳐 흔들며 깨우고 싶었다. 그렇지만 해연은 줄줄 눈물이 흘러내리는 두 눈을 감았다. 때론, 어떠한 것들은 눈으로 보이는 것이 전부인 것처럼. 하나의 왜곡도 존재하지 않는 광활한 우주 속 찬란한 저 별들처럼. 버림받았다는 사실을 알기까지 오래된 믿음의 깃털 하나는 사실은 그저 보고 싶은 대로 보았던 진실이었다는 것을 결국 인정하고 싶지 않은 것처럼.

　노년의 남자는 슬그머니 앉은 자리에서 일어났다. 해가 지고 있을 모습이 노년 남자의 얼굴에 드리운 그늘과 무척이나 닮아 있었다. 노년의 남자는 자리에서 벗어나 걸음을 옮겼다. 잠시 후 가라앉은 얼굴로 이사장실에서 빠져나오는 노년 남자에 곁을 오랫동안 지켜가고 있는 젊은 남자가 다가왔다. 젊은 남자는 한 손으로 입가를 살짝 가려 말했다.

　"방금 해성 군이 다녀갔습니다."

　노년 남자는 가라앉은 얼굴을 아랑곳하지 않으며 두 손으로 옷매무새를 다듬고는 걸음을 옮겼다. 해연이 잠들어 있을 병실로 말이다.

　조금 어두운 얼굴을 하며 걸음을 옮기는 노년의 남자를 규칙적인 걸음으로 뒤따르던 젊은 남자가 풍채 좋은 남자를 가로질러 병실 문을 열었다. 노년의 남자는 걸음을 멈춰 젊은 남자를 향해 작게 손짓하며 병실 문고리를 잡고 해연이 잠들어 있는 병실 안으로 홀로 들어섰다. 저기 조그만 침대 위에 누워 깊은 꿈을 꾸고 있을 해연이 보였다. 노년 남자의 입에서는 땅이 꺼져버릴 듯 내쉬는 기다란 숨이 흘러나왔다. 노년 남자는 천천히 걸음을 옮겼다. 침대 위에 누워 산소 호흡기를 얼굴에 뒤덮은 채 깊은 잠에 들어있는 해연이 보였다. 노년 남자의 두 눈에서 서늘한 기운이 빠져나왔다.

"또 제 엄마를 찾아 해매였겠지. 이 꼴이 되어가도록 지독하게 찾아 해매였겠지. 한심하긴."

어느 날 밤이면 쓰러지곤 하던 어린 해연의 모습이, 산소 호흡기를 쓰고 두 눈을 감은 채 누워있는 해연의 얼굴 앞으로 바람처럼 스쳐 지나갔다. 노년 남자의 얼굴이 미묘하게 일그러지고 있었다. 처음부터 떠나갈 여자라는 것을 알고 품었다. 그런데 해연은 몰랐을 테지. 사랑이란 색안경으로 불행 속에 있어도 행복해보였겠지.

"어차피 갈 사람이었다. 네가 선택한 꼴이야."

두 눈을 감은 해연에게 시선을 떨어트리던 노년의 남자가 말했다. 노년 남자의 얼굴에서 희미한 잔상이 겹쳐 떠올랐다. 그것이 이내 고개를 들이밀었을 때 노년 남자의 입가가 작게 길어졌다.

"이렇게 있는 편이 너한테도 낫겠구나."

남자에게 있어 명예라는 것은 한낱 사랑에 비하면 목숨과도 같은 것이었다. 하지만 해연이 깨어난다면, 순식간으로 해연이 입양아가 아니었다는 것이 밝혀진다면. 꽤나 완벽한 기사 질이었지만 너무나 확실했던 이미지를 이제 그만 벗어야한다면 나만 피해를 보는 것이 아니라 병원 이익에도 큰 타격일 테지.

노년 남자의 얼굴에는 이미 찾아온 그것이 고개를 들이밀고 있었다. 노년의 남자는 고개를 기울여 중얼거렸다.

"네가 오랫동안 여기 있었으면 좋겠구나."

정신카페의 토요일.

"사건이라는 게 그래요. 팩트는 진실이 아니야. 누군가의 입이 열리는 그 순간 사건이 창조된다."

"예."

"남의 얘기 함부로 뿌리고 다니면 좋은가 봐요. 선생님도 그런 취미 있으신 건 아니죠?"

"김영곤 씨!"

넋을 놓고 중얼거리던 남자는 담담한 얼굴로 간단명료하게 꾸짖는 정신을 마주보며 희게 웃어 보이고는 말을 이었다.

"한 때는 내 마음을 흔들어놓던 여자였는데 어떻게 그렇게 잔인할까 몰라요. 지금 그 여자 보면 내가 할 말을 잃어요. 말로 할 수 없을 만큼 뭔가를 상실해서요."

남자는 금세 초점 없는 눈으로 바닥으로 시선을 떨어트렸다. 남자는 발기부전증을 앓고 있었다. 그런데 헤어진 연인이 남자의 목숨과도 같은 비밀을 한동네 빨간 지붕 아래 살고 있는 '정력 왕 초롱이'도 알 수 있을 정도로 까발린 것이었다. 남자는 허무맹랑한 얼굴로 말을 이었다.

"초롱이도 서요. 우리 동네 개새끼도 슨다고 …. 그 쪼그만 것
도 습디다!"

정신은 어색한 웃음이 흘러나오는 것을 감추려 양 손으로 웃
음기 배인 얼굴을 어루만졌다.

"웃겨요? 선생님도 제가 웃깁니까?"

"그럴 리가요. 전혀."

정신은 한 순간 단호한 표정으로 어떠한 감정 요소들이 배제
되어있는 무표정을 하며 남자를 마주봤다. 넋을 잃고 있는 남자
와 내내 무표정을 지키던 정신은 약속이라도 하는 듯 한참 동안
이나 침묵을 지켰다. 먼저 가라앉은 침묵을 깨트린 사람은 정신
이었다.

"그런데 …. 개 이름이 뭐였죠?"

"정 선생님!"

남자와 제법 진지한 마지막 상담을 마치고, 어느새 해가 저문
푸른 밤 집으로 귀가 하려던 정신은 셔츠 단추 몇 개를 풀어헤
치던 중 잠시 손짓을 멈춰 테이블 위 진동 벨이 울리는 휴대폰
을 들어서 전화를 받았다.

"정신 씨, 나 안에서 기다리고 있어 …. 내가 준 시계 …. 아직
있네?"

정신은 약간 눈썹 사이를 찡그렸다.

"이것만 확인하려고 했어 버렸을 줄 알았어 …. 그런데 아직

안 버렸네? 아직 ….”

수화기 너머로 전해져오는 잔인한 희망의 전율을 알아차린 정신은 짧은 숨을 내뱉으며 말했다.

“널 사랑 했지. 네가 남긴 흔적들을 미처 생각하지 못했을 정도만. 딱 그 정도만.”

수화기 너머로 여자의 짧은 침묵을 뒤이어 잔인한 희망이 간단한 절망으로 뒤바뀌는 순간인 듯 소리 죽인 흐느낌 소리가 들려왔다. 그러나 순식간에 표정이 뒤바뀌듯 여자의 흠칫한 코웃음 소리가 들려왔다. 정신은 그런 여자를 겪어본 적 있는 지라 휴대폰을 귀에 댄 채 가만히 고개를 기울였다.

“예전에는 날 사랑한다고 했잖아. 나는 하룻밤 여자가 아니라고 사랑하는 거라고 했잖아, 정신 씨.”

하룻밤 여자까지 거론하는 것도 모자라 사랑을 들먹이는 여자의 구걸에 정신은 슬슬 짜증이 치밀어 오르기 시작했지만 관두기로 했다. 이미 여자가 알고 있으니.

“그래서 이젠 안 사랑한다고 말하잖아.”

수화기 너머로 약간의 무거운 정적이 흘렀다.

“정신 씨 무섭다. 나 믿었는데. 정말 사랑이라고 믿었는데. 이렇게 믿음을 짓밟는 사람이었어, 정신 씨.”

정신은 낮춰져있던 고개를 약간 들어올렸다. 이젠 믿음을 논하는 거야? 네 까짓 게? 역겨워라.

"네 바닥에서는 내가 대학병원 의사라면서?"

정신은 뱉어놓고도 웃음이 나왔다.

"그건 …. 정신 씨를 위해서였어! 중요한건 난 거짓이었던 정신 씨를 사랑했다는 거야! 그런데 자기한테는 중요하지 않지? 날 사랑하지 않았으니까. 내 앞에서는 다 가면이었으니까, 그래?"

정신은 웃음기가 묻어있는 얼굴을 기울였다.

"내가, 뭐가 그렇게 거짓이고 넌 뭐가 그렇게 진실이었니?"

수화기 너머로 여자의 거칠어진 호흡이 전해졌다.

"적어도 뒤에서는 날 사랑하지 않았던 정신 씨보다 진실이었어!"

그래도 분이 가시질 않는 지 이내 여자가 울음을 터트린다. 정신은 황당한 얼굴을 기울이며 낮게 읊조렸다.

"뭐 하나 물어볼게. 이제 끊어도 될까?"

정신은 말을 뱉고는 길어질수록 의미 없는 말들만 오고갈 뿐인 통화를 종료했다. 사랑에 대하여 그리고 거짓과 진실에 대해서 잘도 떠들어대는 여자를 머릿속에서 빨리 치워버리고 싶어 발걸음을 재촉했다. 두 눈이 조금 충혈 된 채 상담실을 나서는 정신은 머리를 식힐 때에나 오늘처럼 얼굴을 마주볼 이유가 없는 손님이 찾아오는 날이면 들리곤 하는 호텔방으로 평소보다 조금 빠른 발걸음을 옮겼다.

일요일로 넘어가는 토요일의 자정시간. 부산할 법한 시간대에도 호텔의 비교적 한산한 엘리베이터에서 몸을 꺼낸 정신은 피곤한 듯 조금 빨개진 눈을 하곤 11층 호텔방 복도를 걸어가고 있었다. 그런데 얼마 멀지 않은 곳. 복도 한 가운데 주저앉아 굽은 팔 안으로 얼굴을 푹 숙이고 앉아있는 해연이 보였다. 정신의 고개는 힘을 잃은 듯 기울여지고 걸음은 점차 느려지기 시작했다. 어디에선가 본 적이 있는 여자, 누군들 보게 되면 잊을 리 없는 분위기의 여자였다. 정신은 천천히 걸음을 멈춰 지나온 시간들을 순서 없이 나열해보며 생각했다. 대화를 나눠본 기억이 없다면 어디지.

"별은 무슨. 어두워도 안 보이는데 …. 있긴 해요?"

주저앉아있던 해연은 굽은 팔 안으로 넣었던 얼굴을 들어 혼잣말을 중얼거린다. 정신은 해연의 얼굴을 확인한 그 순간 느려진 걸음을 우뚝 멈춰 섰다. 그 여자다. 거짓말처럼 정신의 심장을 미칠 듯이 뛰게 했었던 그 여자였다. 정신은 한 동안 넋을 놓고 그 여자를 관찰하기 시작했다. 그땐 미처 몰랐지만 미모의 여자였다. 호텔방 복도의 쭈그려 앉아있더라도 전혀 초라해 보이지 않을 만큼의 분위기를 가졌다. 그것보다 지금 이 우연이 우연이라고 하기엔 너무나 간절했던 만남이 믿기지 않았다. 크리스마스의 받을 선물을 더 이상 기대하지 않는 것처럼 누군가에게 심장이 먼저 미칠 듯이 반응해오는 것을 믿지 않았던 때는 너무나 오래전 시들어버린 일이었다. 그랬었다, 나란 인간이. 그런데.

"정말 그런 게 있다면 나타나게 해줘요. 기적처럼 내 눈앞에 나타나란 말이야."

해연은 심술 난 아이처럼 고개를 살짝 들어 조금 크게 중얼거리고는 누군가의 시선을 이제야 알아차렸는지 천천히 고개를 돌려 무심코 정신을 바라봤다. 굳은 채로 정신의 표정 없는 얼굴을 마주보던 해연은 생각에 잠긴 얼굴이었다. 그러나 그것도 잠시. 해연은 무엇인가 떠올랐는지 흐릿하게 웃어 보이고는 이내 조용히 혼잣말을 속삭였다.

"사랑에는 관대하지 않은 바람둥이."

해연의 조용한 혼잣말이 끝나자마자 정신은 자신의 두 귀를 의심하지 않을 수 없었다. 바람둥이라니 말도 안됐다. 두근거린 게 누군데. 정신은 평소답지 않게 머뭇거리는 얼굴을 했다.

"그때."

무심코 튀어나온 말을 가까스로 멈춘 정신은 주저앉아 표정 없는 얼굴을 하는 해연에게 조금 가까이 다가가면서 할 수 없다는 듯 허공으로 손짓하며 말을 이었다.

"그땐 상황이 어쩔 수가 …. 그러니까 …. 나 바람둥이 아니에요."

정신의 어설픈 부연설명을 끝으로 담담한 표정을 하는 해연의 긴 침묵이 뒤를 이었다. 정신은 당황스러움이 앞설 때이면 버릇처럼 내뱉던 기침을 가볍게 쥔 주먹으로 가로막았다. 약간 의문 어린 해연의 얼굴에서는 '그래서 어쩌라고?'가 쓰여 있었기 때문에. 그러나 전혀 다른 대답이 나왔다. 미처 예상하지 못했던 우연처럼.

"아 ⋯. 그래서 말도 섞지 않았구나, 바람둥이 싫어서."

해연은 그날을 회상하는 듯 잠시 시선을 내려놓았다. 정신은 조금 놀란 얼굴로 침착하게 말을 뱉어냈다.

"그때 ⋯. 다 보고 있었어요?"

해연은 사심 없는 호의와도 같은 눈으로 정신을 올려다봤다.

"시선을 사로잡기에 충분하니까."

정신의 심장이 다시금 요동치기 시작했다. 그것은 굳이 가슴 위에 손을 얹지 않아도 알 수 있는 사실이었다. 해연은 무언가의 물음이 있는 듯 주저하더니 계속해서 자신의 앞을 지키고 서 있는 정신을 바라보며 나지막이 말한다.

"미친년은 싫지 않나 봐."

"⋯⋯. 예?"

해연은 작은 미소를 지었다. 순간의 떨림과도 비슷한 미소를.

"나 별을 찾고 있거든요. 나의 별을."

2장. 그 별 내가 찾아줄게요

당신으로 하여금 스며들게끔 하는 무의식 속의 유혹은 보편적인
이끌림과는 다르다. 나는 상당히 순조롭게 매료되었으니까.
당신에게.

"태초부터 어둠과 밝음이 있었던 것은 아니다. 어둠뿐인 공간
속에서 서로 다른 어둠의 덩어리들이 부딪혀서 생겨난 것이 밝
음. 그러니까, 어둠의 존재로 인해 밝음이 존재한다. 이것은 아
마도 변할 수 없는 태초의 법칙."

어린 해연은 졸린 눈을 비비며 등을 돌렸다. 엄마의 따뜻한
손길이 어린 해연의 작은 등에 닿고 이내 낡은 책장을 넘기는
종이 소리가 들렸다.

"그러나 인간에게 어둠이란 또 하나의 창조였다. 인간은 여자
의 자궁 속에서 창조되어 세상 밖으로 꺼내지면서부터 슬픔을

배운다. 살아있음의 시작종을 알리는 커다란 울음. 인간에게 슬픔은 어둠이 아니다. 인간에게 어둠이란 서로 다른 슬픔의 덩어리들이 부딪혀서 생겨났을 뿐. 또, 그렇기 때문에 어둠이 슬플 뿐."

어린 해연은 눈을 감은 채로 중얼거리듯 물었다.

"엄마. 아빠랑은 안자요?"

어린 해연의 작은 등 뒤에서는 짙은 어둠의 선율이 어린 해연의 작은 등을 토닥여주는 엄마의 부드러운 손길로 전해져왔지만 어린 해연은 뒤를 돌아보지 않았다. 엄마의 얼마 없는 긴 침묵이 왜 그렇게 슬픈 것인지 묻지 않았다. 그 작은 마음은 진실을 알고 싶지 않은 미개한 두려움이었다.

"언제나 사랑하고 있어, 해연아. 영원히."

잠들기 전. 그것은 엄마의 한결같은 인사였다. 언제나, 변하지 않을 것만 같은.

"나도요."

어린 해연은 작은 목소리로 대답했다. 언제나, 준비해왔을 인사처럼.

오전 시간이었지만 대백병원 안에서는 거뭇한 밤처럼 으슥한 기운이 맴돌았다. 1년 차 레지던트들 사이에서 비극적 소문이 순식간에 돌고 돌았던 것. '형이 부활했다'는 것이었다. 즉, 결국 형은 대백병원을 떠나지 않는다는 사실이었다.

잔뜩 죽을상을 하며 경진은 비어 있는 수면실 문을 열었다. 그러자 기다렸다는 듯 수려한 얼굴로 경진을 반기는 해성이 있었다.

"너 얼굴 좋아 보인다?"

"형 덕분이죠 뭐 허허허."

해성의 야릇한 눈빛이 급 반가움의 표정을 짓는 경진의 얼굴에 닿았다.

"그러냐?"

"예?"

열었던 문을 닫으며, 불편한 내색을 훤하게 비추는 경진의 얼굴을 유심히 바라보던 해성이 느긋하게 팔짱을 꼈다.

"과연 좋은 거냐?"

경진은 이를 악물었다. 언뜻 이빨을 오들거리는 소리가 들리는 것도 같았다.

"지구가 어떻습니까! 둥급니다! 뭘 당연한 걸 묻습니까!"

경진은 진심이었다. 죽겠다 이 새끼야.

"그럼 나가자."

"… 예?"

해성은 굶주린 배를 움켜잡았다.

"런치 타임이거든 …. 불만이냐?"

며칠 동안 오늘의 악몽을 예지하는 꿈으로 밤잠을 설친 탓에 세 시간 단잠으로 겨우 눈을 붙이었던 경진은 뭉크의 절규를 표하는 얼굴로 말했다. 역시나 입 꼬리는 올리고서.

"맥도널드 어떠십니까?"

맥도널드. 경진은 앞서 문을 여는 해성의 뒤를 내내 아무 말 없이 뒤따라 걸었다. 런치 타임임에도 불구하고 평소 보다 북적거림이 적은 맥도널드 안을 휘휘 둘러보던 해성은 늘 그랬듯 여유로운 얼굴로 주문대 앞에 섰다.

"젤 큰 걸로 주세요."

고개를 기울이며 담담히 말을 뱉는 해성을 마주하던 여직원의 입가에 약간의 조소가 그려졌다.

"네?"

"젤 큰 거."

여직원은 애써 웃었다.

"어떤 세트 메뉴로 하시겠어요?"

해성은 심의를 기울여 생각을 다듬었다.

"음, 세트 중에서 젤 큰 거?"

이를 넋을 놓고 보다 못한 경진은 창피한 얼굴로 웃으며 말한다.

"융통성이 없거든요 …. 빅맥 세트 두 개 주세요."

해성은 당황스러운 듯 뒤를 돌아 경진의 웃는 얼굴을 노려봤다.

"죽을래?"

무슨 일인지 쉽게 기가 죽는 내색을 비추지 않고 가만히 불편한 심기를 드러내던 경진은 해성의 무표정을 바라보면서 목소리를 깔았다.

"형이 돼서 죽을래가 뭡니까 ….'

제일 큰 빅맥 세트를 맛있게 식사 중임에도 당황스러움을 놓고 있지 못하던 해성은 내내 아무 말이 없이 무표정으로 앉아 햄버거를 먹고 있는 경진을 보곤 살짝 웃으며 의미심장한 얼굴로 물었다.

"강하게 가기로 마음먹었냐?"

경진은 입에 잔뜩 햄버거를 구겨 넣었다.

"또 왜 그러십니까."

해성은 눈썹을 비틀거리며 가벼운 웃음기를 지웠다.

"감당 되겠냐?"

해성의 경고의 말미를 줄곧 알아차리던 경진은 먹다 만 햄버거를 테이블 위에 내려놓으며 대충 입가를 손등으로 닦아내곤 표정 없는 해성의 얼굴을 지그시 바라봤다.

"얼마든지."

맥도널드의 문을 열고 나와 근처의 세워둔 해성의 벤틀리로 향하는 두 남자 사이에서는 드러날 듯 말 듯 한 팽팽한 냉전 기류가 맴돌았다. 해성과 경진은 말없이 벤틀리에 몸을 밀어 넣었다. 운전석에는 경진이, 조수석에는 해성이 앉았다.

해성과 경진의 벤틀리는 유난히 코너 구간이 많은 도로를 지나 빽빽하게 막혀있는 2차선 도로에 들어섰다. 그때 뒤 쪽에서 구급차 사이렌 소리가 급박하게 들려왔다. 경진은 룸미러를 통해 피하듯 구급차가 지나갈 수 있는 길을 내어주는 도로 상황을 살피며 9시 뉴스에서 '구급차 사이렌 소리에도 제자리를 지키는 무심한 차들'의 꼭지 뉴스를 회상하며 비교하듯 중얼거렸다.

"그래도 비켜는 주네요."

말없이 사이드미러로 뒤편의 상황을 지켜보던 해성은 점점 가까이 다가와 자신의 벤틀리 뒤편에서 쩔쩔매고 있는 구급차를 확인했다.

"형! 못 지나갈 것 같다는데?"

2차선 도로 전체가 마비 상태인데다가 해성의 벤틀리 차 규모가 만만치 않아 도저히 지나갈 수 없음의 상황을 구급차 운전 대원에게 전해들은 경진이 안절부절 한 얼굴로 말했다. 해성은 조금 놀란 얼굴로 금세 경진이 앉아있는 운전석 창문 쪽으로 얼굴을 가까이 내밀며 주저 없이 소리쳤다.

"그냥 긁고 가세요!"

경진은 자신에게 붙어 조금 초조한 얼굴로 급히 말을 내뱉는 해성을 뜻밖인 얼굴로 가만히 바라봤다. 해성과 경진의 거리가 순식간의 좁혀지는 이 순간처럼. 그러나 그가 누구인가. 조수석에 앉아 있던 해성이 운전석 창문으로 내밀었던 몸을 다시 똑바로 하며 말했다.

"보험 빵빵하냐?"

경진은 의문의 얼굴로 해성을 바라봤다. 늘 그랬듯 해성은 뻔뻔스러운 얼굴이었다.

"이 차, 나말곤 보험 안 먹히거든 지금 운전석에는 네가 있고."

"예?"

해성은 애도를 표하는 듯. 얼떨떨한 얼굴을 하는 경진의 어깨를 몇 번 두들겼다.

"이거 벤틀린데."

그 순간, 구급차가 벤틀리를 긁고 지나가는 소음이 울렸다. 벤틀리의 차체가 경진의 마음처럼 울렁였다. 경진은 두 손 두 발 다 들었다는 마냥 어처구니없는 표정으로 몸을 축 늘어트렸다.

오 아버지 오 지저스. 인내를 주시옵소서 ….

말을 잃은 듯 축 허망한 얼굴로 늘어져있는 경진을 바라보던 해성은 이내 앞 유리를 통해 신속하게 지나가는 구급차 뒤태를 바라보며 담담히 물었다. 해성의 얼굴에 은근한 그림자가 옅게 드리웠다.

"해연 누나 호전 가능성은 있는 거냐."

모든 것으로부터 해탈한 경진은 심심치 않게 말이 나오려고
하는 것을 잠시 멈추곤 도로 물었다.

"잘 아시지 않습니까. 선배가."

해성은 담담했다.

"나야 흰 가운 걸치고만 있는 놈이지만 넌 해연 누나 담당의
니까."

경진은 뜻밖인 표정을 짓는 얼굴을 느리게 들어 올려 어두운
그늘이 그려진 해성의 얼굴을 바라봤다. 두 남매의 남다른 애정
은 익히 알고 있었다. 그 애정의 깊이는 굳이 신문 기사에서 찾
아보지 않아도 알 수 있는 매일 꼬박 잠들어있는 누나 곁을 소
리 없이 방문하곤 하던 해성의 마음을 경진이 모를 리 없었다.
경진은 앞을 보며 말해갔다.

"완전한 코마(혼수상태)로 갈 겁니다. 그리고 다시 깨어날지
는 환자 본인에게 달려있어요. 정신의 문제라 ⋯."

"⋯⋯. 정신?"

경진은 괜스레 어깨를 약간 들썩였다.

"길가에서 쓰러지셨으면 정확히 무슨 사건이었는지는 알 수
없지만 ⋯. 외상은 없었으니까 ⋯. 형?"

경진은 혼란스런 얼굴을 하는 해성을 바라봤다. 끝내 늘 무뚝

뚝했던 해성은 자신의 얼굴을 두 손으로 덮으며 말을 잇지 못했다. 해성은, 자신이 열 살 되던 해 정신과를 제집처럼 드나들던 해연이 떠올랐다. 해성은 그 사실이 부끄럽지도 크게 이상하지도 않았다. 해연은 늘 많은 별들이 빛나는 밤이면 그녀의 엄마가 그립다는 것을 입 밖으로 꺼내지 못한 채 쓰러지곤 했으니까. 그 일이 그녀가 정신과를 다니는 유일한 이유였으니까. 경진은 안쓰러운 얼굴로 해성의 슬픔을 말없이 바라보다 이내 고개를 돌려 숙연해진 차가운 공기의 가라앉은 숨을 작게 내뱉고는 엑셀을 밟았다.

토요일의 자정시간을 넘긴 일요일의 1시. 11층 호텔방 복도. 별을 찾고 있다는 말을 끝으로 해연은 오래 동안 자리를 지켜 앉아있었던 것을 생각하고는 가벼운 몸짓으로 자리에서 일어나며 조금 뜸을 들인다 싶더니 말했다.
"또 다시 우연히 만난다면 그땐 인사할게요."
해연의 짧은 인사가 못미더운 정신은 길게 뻗은 눈썹을 한 손가락으로 긁적였다.
"우연이 세 번일 필요가 있나."
해연은 그의 말이 뜻하는 바를 모르는 얼굴로 정신을 올려다 봤다. 해연의 온화한 시선을 마주보던 정신은 쓴 웃음을 지었다. 전혀 예상하지 못했던 반응이라는 건가. 정신은 금방 무미건조한 얼굴로 말을 이었다. 늘 아쉬운 쪽이 불리한 것은 어쩔 수 없으니까. 물론, 정신은 아쉬움과는 거리가 멀었던 인간이었지만.

"당신이 찾는 그 별이 사람을 말하는 것 같던데."

해연은 '별'의 대한 설명 없이도 단번의 유추하는 정신을 놀란 얼굴로 올려다봤다. 정신은 큰 이유 없는 듯 그러나 그럴싸한 약속이라도 하는 듯 말을 이었다.

"그 별 내가 찾아줄게요."

차 안. 정신과 해연은 컴컴하고 비좁은 골목길에 다다랐다. 그러자 불 꺼진 건물에서 '정신카페'라고 쓰여 있는 문판이 보였다. 정신은 '별'을 찾고 있다던 해연에게 찾아준다고 약속이라도 하는 듯 말을 내뱉었던 조금 전 자신에게 진한 웃음을 날려주고 싶었다. 호감을 내세우는 것이 두려워 호의를 보이다니.

"저기구나."

해연은 먼저 정신이 설명했던 '정신카페'의 문판을 확인한 듯 안전벨트를 풀어 문을 열고 나간다. 홀로 남아 앉아있던 정신은 조금 찬 손으로 얼굴을 매만지며 문을 열어 재빠르게 몸을 꺼냈다. 정신의 음악 치료 카페에는 주로 우울증 환자들이 찾아온다. 무언가의 결핍이 되어있거나, 자존감이 현저하게 떨어지거나, 단기간 큰 충격으로 우울증을 앓고 있는 사람들. 치혈한 사회생활 속에서 사회성을 인정받지 못해 우울해 하는 평범한 직장인들도 찾아오곤 한다. 정신은, 자신이 와서 문을 열기만을 기다리는 별 내색 없이 찬 손을 호호 불며 긴 머리를 늘어뜨린 채 서 있는 해연을 바라봤다. 해연은 자신의 카페를 찾아오는 환자들과는 거리가 멀어보였다. 아니, 해당 사항 없음. 정신은 해연의 옆에서 작은 열쇠를 꺼내들어 문을 열고 들어가 카페 내부의 모든 전원 스위치를 켰다. 정신은 난방이 가장 빠르게 들어오는 상담실을 가리키며 떨고 있는 해연을 들여보내고는 다용도실로 발걸음을 옮겼다.

해연은 세련된 상담실 내부를 조금 둘러보며 환자용 의자로 보이는 자리에 앉았다. 정신의 상담 치료가 이어졌을 깔끔한 테이블 위에는 다른 병원처럼 컴퓨터나 의료용 차트는 없었다. 해연은 환자들을 위했을 것으로 보이는 정신의 소소하고도 의미 깊은 세심함에 희미하게 웃어 보였다. 해연은, 어쩌면 정말 뜻밖의 세심함이 있는 정신이 '그 별'을 찾아줄 수 있을 거라고 여겼다. 바람둥이에서 일종의 파트너가 된 셈이다.

"미안해요 기다리게 해서."

어느 사이 들어온 정신은 머그잔에 담긴 뜨거운 커피를 해연이 앉아 있는 쪽 테이블 위에 올려놓고는 자신의 자리에 능숙하게 앉아 찾아들고 온 Debussy: Preludes Deuxieme Livre - VII. Lent / La Terrasse Des Audiences Du Clair De Lune

(드뷔시: 전주곡 2권 7번 달빛이 쏟아지는 테라스)를 틀었다. 정신은 약간의 어색한 기류가 맴돌지만 내색하지 않는 해연을 보며 말했다. 이미 내뱉은 순간, 그것은 진행형이 되는 말을.

"왜 별을 찾고 있는지 이야기 해줘요. 언제부터 찾았는지."

해연의 담담했던 얼굴은 곧이어 정말 상담을 받으러 정신을 찾아오는 환자라도 되는 것처럼 과거를 되짚어보는 얼굴로 바뀌어갔다. 해연은 살짝 숙였던 고개를 들어 올렸다.

"아주 어렸을 때부터 …. 그러니까 별을 찾기 시작한 건 아주 오래 전인데 …. 아마, 엄마가 떠나고 나서부터 …."

해연은 오래된 시절을 조금 꺼내놓는 얼굴이었다.

"어느 날 갑자기 떠난 엄마처럼 …. 나의 별도, 어느 날 갑자기 찾기 시작했어요."

정신은 가만히 해연의 얼굴로 조금 낮게 드리운 그늘을 말없이 지켜봤다.

"엄마가 그랬어요. 그 별은 많은 사람일 수도, 꿈일 수도, 친구일 수도, 동물일 수도 …. 그리고 사랑일 수도 있다고."

해연은 한 동안 꺼내들지 않았던 이야기를 풀어놓는 듯한 얼굴로 고개를 기울였다. 정신은 해연의 한 마디 한 마디를 놓치지 않았다. 해연의 '떠났다'라는 표현이 모친의 죽음을 말하는 것인지, 가출을 말하는 것인지 그것이 정확한 표현은 아니었지만 정신은 알 것도 같았다. 정신은 엄마의 대한 그리움과 떠남

의 대한 슬픔이 묻어 있는 해연의 얼굴로 시선을 멈췄다. 그녀
의 가라앉은 눈빛을 보고 있을 때면 정신은 자신의 깊은 마음속
에 감춰있던 감정을 슬그머니 이끌어냈다. 지켜주고 싶은, 절대
적인 책임감.

정신은 조심스런 목소리로 오래된 상흔의 발을 담그고 있는
것으로 보이는 해연의 침묵을 깼다.

"많은 사람에게 사랑 받는 존재가 되고 싶거나 어떠한 꿈 ….
특정한 친구를 만나고 싶은 소유욕, 특별하게 동물을 사랑하는
마음이 있어요? 과거와 현재를 가만해서."

그늘져 있던 해연의 얼굴에서는 언제 그랬냐는 듯 조금의 웃
음기가 묻어났다.

"특별하거나 특정한 것들이 없어요, 나에게는 …."

담담히 말하던 해연은 고개를 살짝 숙여 묻는다.

"문제가 돼요?"

"아뇨."

해연은 그럴 줄 알았다는 듯 그것이 아니면 어떠한 답을 들었
어도 상관없다는 듯 조용한 얼굴로 그러나 조금 들뜬 내색을 비
추며 말했다.

"이 자리 신기하네 …. 모든 이야기를 꺼내놓게 하니까."

가만히, 혼자 조용히 웃기도 하고 담담히 묻기도 하고 언제
가라앉았냐는 듯 들뜬 표정을 짓기도 하는 해연을 정신은 특정

한 사물을 관찰하는 듯 유심 있게 바라보았다. 엄마의 부재로 인해 그녀 안에 큰 구멍이 생겨난 것일 수도 있고 자아가 성숙하기 이전에 엄마가 떠난 것이 너무나 큰 충격이었을 수도 있고. 정신은 한참 동안 머리를 굴리다 번뜩 시선을 올려 해연에게 물었다. 설마 하는 그 얼굴을 감추지 못한 채.

"혹시 …. 누군가를 사랑한 적이 없어요?"

정신은 해연의 얼굴을 살폈다. 초점 없는 눈빛에 불빛 하나가 비춰 드리웠다. 아마 해연 본인에게도 심드렁한 질문은 아닌 듯했다.

"그건 …. 문제가 될 수 있을 것도 같네요."

정신은 놀랜 얼굴을 바꾸지 않았다.

"특별한 것과 특정한 것들이 없는 인간들이 주로 가장 본질적인 것을 쫓아요. 내가 그렇거든요."

해연의 얼굴에서 깊게 그늘진 가라앉음이 사라졌다. 왜였을까. 그렇게 보인 까닭이. 정신의 놀랜 기색을 비추는 얼굴로 서서히 반가움의 미소가 그려졌다. 정신은 기쁜 마음을 감추지 못한 채 조금 상기된 얼굴로 말했다.

"사랑을 찾아요. 사랑이 …. 해연 씨의 그 별이니까."

짧은 밤을 보내고도 아직 긴 늦은 새벽. 정신은 자신이 잠시 자리를 비운 사이 어느새 소리 없이 집으로 귀가 중인 해연의 뒷모습을 멀찌감치 바라보다 카페로 들어섰다. 해연은 정신의 카페를 또 찾을 것을 약속했다. 그 약속은 그저 그녀의 '별'을 찾는 것의 이유가 전부였지만 정신은 흔쾌히 그녀를 반기겠노라 선언이라도 할 수 있었다. 정신은 상담실에 들어와 해연이 먹다 만 커피가 그대로 남아있는 머그잔을 한 손으로 쓱 매만져보며 중얼거렸다.

"사랑이 이런 건가 …. 남아 있는 것까지 신경 쓰이는 것."

세련된 건물이 나열되어있는 도로변의 어느 레스토랑. 오전 시간대라 그런지 조용한 레스토랑 내부 안에서는 은근한 소음이 북적거렸다. 정신은 표정 없는 얼굴로 테이블에 마주하고 있는 여인을 바라봤다. 화려한 장신구를 치장한 것과는 다르게 차가운 얼굴을 지니고 있는 그의 어미를. 여인은 칼질을 하던 손을 조금 내려놓고는 매서운 눈빛으로 정신의 색 없는 얼굴을 바라보면서 물었다.

"다 먹었니? …. 네가 그런 얼굴로 날 바라보는 시선이 너무 느껴져서 불편하구나."

표정 없던 정신의 고개가 기울어졌다. 정신은 테이블 위에 가볍게 팔을 올려놓고는 턱을 괴었다.

"그래서 이번에 결혼하는 아저씨는 왜 안보여요?"

여인은 푸르른 눈을 하고는 비스듬히 웃었다.

"궁금하니?"

정신은 턱을 괴었던 손을 테이블에서 내려놓고 나이프와 포크를 잡았다.

"처음은 열한 살 때였죠. 엄마가 데려온 아저씨들은 대부분 날 보면 좋아했잖아요. 눈치 밥을 안 줘서."

여인은 작게 웃음을 터트린다. 정신은 약간 고개를 절래하면서 마저 썰던 고기를 입에 넣고는 그저 지켜보고 있었다. 불리할 때마다 짓는 어미의 웃음을.

"그래 보였니? 그렇지 …. 넌 어릴 때부터 똑똑했단다."

정신은 고개를 끄덕이며, 흰 천으로 입가를 몇 번 닦아내고는 입을 열었다.

"안 똑똑하면 어떻게 해요. 출세하는 엄마 발목 잡을라."

순간, 그 고운 여인의 얼굴에 그늘이 찾아왔다. 그녀는 한동안 하던 일을 멈추고는 애써 미소를 짓다가 곁에 둔 물 잔을 들어서 목을 축였다. 그리고는 또렷한 눈매로 정신의 비웃음이 담긴 얼굴을 들여다보면서 입을 연다.

"그 말을 들으려고 오늘 널 부른 건 아니야."

여인의 어두운 얼굴을 직면하고 있던 정신은 느릿하게 고개를 기울였다.

"여전하시네요. 어머니 품위는 여전하다고요."

어두운 표정을 하던 여인은 미간 사이를 좁혔다.

"······. 이런 식으로 나를 모욕하는 네 방식도 여전하구나. 식사 다 끝났잖니? 일어나."

정신은 작은 웃음을 터트리면서, 테이블에서 나이프와 포크를 내려놓는 어미를 붙잡았다. 여인은 흔들리는 눈으로 정신의 웃음기 배인 얼굴을 바라본다. 정신은 푸르스름한 두 눈으로 창백한 얼굴을 한 여인을 바라보고는 입을 열었다.

"아버지가 바뀔 때마다 친 아버지가 궁금한 것보다 말이에요. 궁금했어요. 난 엄마를 닮은 걸까, 아빠를 닮은 걸까 ···. 만약 닮았다면 ···."

아마도 보이지 않는 곳에서 불끈 두 주먹을 쥐고 있을 어미의 새파란 얼굴을 들여다보면서 정신은 그 푸르른 눈을 하고는 말을 이었다.

"어느 아빠를 닮은 걸까?"

여인은 새파랗게 질린 얼굴을 하고선 떨릴 입술을 오므리고는 입을 열었다.

"정말 이럴 거니? 그래서 날 보겠다고 한 거니!"

작게 소리치는 여인을 지그시 바라보던 정신은 느리게 한숨을 뱉고는 말했다.

"뭐 어쩌겠어요. 열두 번째 아버지 얼굴이 궁금한 걸."

여인은 입술을 깨물었다.

"너! ······."

정신은 비스듬히 미소 지었다.

"같이 나오시지 그러셨어요? 똑똑한 아들이 되어줄 수 있었을 텐데. 아 …. 이젠 그럴 수 있을 순수함이 부족하네요. 이제 보니 내가 똑똑한 게 아니네요. 어머니가 현명하신거지."

여인은 젖은 눈으로 매섭게 정신을 바라봤다. 그 얼굴은 뭐랄까 죄의식을 떠오르게 했다. 정신은 피식 웃음을 터트렸다. 순수했던 온갖 눈치를 보던 소년은 사라지고 없었다. 사시나무 떨듯 온몸을 주체하지 못하고 있는 여인을 바라보는 정신의 두 눈은 가라앉아 있었다.

"그런 눈으로 보지 마세요. 난 그때의 내가 아니니까."

그렇게 말을 뱉은 정신은 느릿하게 앉은 자리에서 일어나고는 테이블에 상체를 기울여서 한 손으로 어미의 얼굴에서 떨어져 내리는 눈물을 닦아내고는 말을 이었다.

"엄마도 그런 것 같고."

여인은 질끈 두 눈을 감았다. 무언가의 감정들이 휘몰아치듯 불어왔다. 그런 여인을 지그시 바라보던 정신은 뻗었던 손을 도로 제자리에 내려놓고는 나지막하게 중얼거렸다.

"약한 모습 보이지마세요. 초라하잖아."

두 눈을 감아내고 있던 여인은 숨을 참았다. 곁에 서 있던 그의 그림자가 어느새 떠나갈 때까지. 비로소 혼자가 될 때까지. 발개진 얼굴로 눈물을 쏟아내고 있던 여인은 서서히 두 눈을 떴다. 흔들리는 눈은 어느새 저 멀리 멀어지고 있는 정신의 뒷모습을 쫓았다. 그 어린 날부터 속이 보이지 않던, 모든 현실을 덤덤히 지켜보고 있었던 다 자라버린 소년의 뒷모습을. 이제는 볼 수 있는 소년의 외로움을. 그 모든 날의 방관을.

3장. 별을 찾아서

진정한 사랑은 그 사람 영혼의 어떠한 부분을 사랑하는 것이다.

"어린 마녀 오드와 나그네 숀은 푸른 잔디가 깔린 곳에 누워 까만 밤하늘을 바라보고 있었어요. 짙은 어둠이 펼쳐져 있는 그 높은 곳에 반짝이는 별 하나 없었어요. 오드는 그 사실이 정말 속상했어요. 그래서 오드는 숀에게 물었어요. [왜 별이 없는 걸까. 늘 빛나던 그 별들이 말이야] 숀은 화사하게 웃으며 말했어요. [보이지 않을 뿐이야 오드. 하늘 아래 무수히 많은 구름과 안개 때문에 그 많은 별들을 우리가 볼 수 없는 것뿐이야.] 오드는 아쉬운 표정을 하며 숀의 얼굴을 바라봤어요. [보이지 않을 수도 있구나.]"

엄마가 읽어주는 동화책 속 이야기가 신경이 쓰였는지 어린 해연은 졸린 눈을 비비며 등을 돌렸다. 엄마는 제 품에 안기는 어린 해연을 보며 작게 미소 짓고는 책장을 넘겼다.

"숀은 오드의 아쉬운 표정이 안쓰러웠어요. 그래서 알려주기로 했어요. 숀만이 알고 있는 마법을. [이건 나만 아는 마법이야. 보이지 않는 별을 볼 수 있지.] 오드는 화들짝 놀라며, 까만 밤하늘을 주시하는 숀의 행동을 따라했어요. 오드는 정말 기뻤어요. 자신만이 아는 마법을 함께 하는 일이 얼마나 특별한 일인지 오드는 잘 알고 있었기 때문이에요. 까만 밤하늘을 올려다보고 있는 오드의 옆에서 숀의 목소리가 들려왔어요. [별을 보려고 하늘을 바라봐야 해. 언제나 반짝이던 그 별들을 보려고 해봐. 작지만 희미하게 빛나는 별을 찾아봐.] 오드는 눈을 크게 뜨고 까만 밤하늘을 바라봤어요. 언제나 저 높은 곳에 늘 존재했던 별들을 찾았어요. 그리고 희미하게 빛나고 있는 별이 보였어요. 그러자 하나 둘 보이는 별들이 늘어나기 시작했어요. 오드는 기쁜 마음에 숀을 끌어안았어요. [숀! 정말 별이 보여! 정말 많은 별들이 있어! 아직 정말 많아!] 숀은 얼굴이 빨개졌어요. 사실, 이 마법은 오드에게 가장 먼저 알려주고 싶었던 마법이었다는 것을 숀은 말하지 않았어요. 보이지 않는 것을 보는 방법, 숀은 오드가 보이지 않는 것을 봐주길 간절히 바랬거든요."

어린 해연은 눈을 감은 채로 작은 숨을 뱉어냈다.

"바보야 숀은. 좋아한다고 말하면 되잖아."

엄마의 웃음소리가 들려왔다.

"보이지 않는 것을 볼 수 있는 방법으로 마음을 전한 게 아닐까?"

어린 해연은 잠시 말이 없다 넌지시 말했다.

"나도 아는데 …. 보이지 않는 것을 보는 방법."

엄마는 작게 놀랜 기색을 비춘다.

"정말?"

어린 해연은 심심한 미소를 지었다. 어린 소녀가 짓기엔 너무도 심심한 미소였다.

"엄마가 사랑하고 있다는 걸, 볼 수 있는 걸."

엄마는 말이 없었다. 엄마의 미소 그린 입가는 점점 제자리를 찾아갈 것을 알았다. 눈을 감고 있었지만 쉽게 볼 수 있는 사실이었다. 어린 해연은 나지막이 말을 이었다.

"아빠를 말이야."

정신카페의 오전.

정신은 난처한 얼굴로, 나란히 앉아 10분 째 화살을 주고받는 모녀를 멍하니 바라봤다.

"너 같은 애가 어디 있어? 어?"

"모르지."

"……. 나한테 말하는 것처럼 그 여자한테도 똑같이 말하니?"

"그 여자? 내 엄마야 그 여자가 아니라."

여학생은 건성인 얼굴로 힐끔 여자를 바라봤다. 여자는 차오르는 화를 이기지 못한 듯 교복을 입은 여학생에게 조금 큰 목소리로 소리쳤다.

"넌 애가 가면 갈수록 어떻게 삐뚤어지니! 그 여자는 언제 변할지 모르는 계모라니까!"

여학생은 작게 미소 지었다.

"……. 날 10년 동안 키워준 사람이야."

여자는 커진 눈으로 입을 가렸다.

"너 ….."

말을 잃은 어미를 보고는 여학생은 눈에 힘을 주며 말했다.

"그녀는 그 모든 것을 가르쳐줬어. 난 그녀를 존경해."

그러나 여자는 헛웃음을 치며 허공에 손을 몇 번 휘저었다.

"돈을 주고 고용하는 엄마가, 어련하겠니."

여학생은 떨떠름한 표정으로 고개를 저었다.

"본받을 만한 사람이 필요했거든."

정신은 괜스런 기침을 몇 번이나 내뱉었다. 그렇지만 젖은 눈으로 딸을 노려보던 여자는 조금 거친 몸짓으로 자리에서 일어나 상담실 문을 힘주어 열어 나갔다. 여학생은 작은 숨을 내뱉으며 자신의 팔을 매만진다. 정신은 조심스레 말문을 열었다.

"괜찮아요?"

"사랑 때문에 왔어요. 위험한 것 같아서."

여학생은 무표정으로 정신의 말문을 가로막곤 지그시 정신을 바라보며 말을 이었다.

"정말 위험한 것 같아서요."

정신은 어딘지 어색한 미소를 띠며 입을 열었다. '고등학생은 처음이라 어떻게 말을 하면 좋지'라는 표정을 감추진 못했다.

"사랑은 …. 어른이 되어서 단정 짓는 것이 아닐까요? 지금보다."

여학생은 무미건조한 얼굴로 팔짱을 낀다. 정신은 입을 꼭 다물며 전보다 더 진한 미소를 지었다. 그러나 여학생은 고개를 살짝 기울여 말했다.

"받을 것을 생각하면서 준 적이 없어요, 그것이 뭐든 간에. 그런데 받고 싶은 사람이 생긴 거예요 되게 위험한 건데 …."

"위험해요?"

여학생은 고개를 조금 숙였다. 어떠한 이야기를 꺼내놓는 얼굴로 순식간의 표정이 바뀌었다.

"방금 나간 엄마가 우리 엄마죠. 진짜 엄마 …. 날 낳아준 …."

여학생은 슬프게 웃는 얼굴로 말을 이었다.

"새 엄마가 그랬어요. 너의 영혼을 안아줄 수 없는 사람에게 상처 받을 필요는 없단다. 너를 온전하게 위하지 않았다고 말이야 …."

여학생은 고개를 기울였다.

"그녀의 인생이 상처받고 있을 때 나도 아무 것도 해주지 않았어요, 그랬으니까 …."

조금 들어 올린 여학생의 얼굴에는 이미 흘러내린 눈물 자국들이 희미하게 비쳤다. 여학생 본인은 그저 누군가에게 자신의 슬픔을 꺼내놓고 싶었다는 것을 이제야 알아차린 정신은 침묵을 지켰다. 곧이어 여학생은 자리에서 일어나며 무언가의 기억을 되짚어 보는 얼굴을 했다. 그리곤 정신을 조용히 바라보며 입을 열었다.

"사랑이 오겠죠? 서로의 영혼을 안아줄 수 있는 사랑이 …."

마치 오래된 생각을 거듭해서 생겨난 물음인 것처럼 여학생은 넌지시 물었다. 정신은 무언의 위로를 전하는 듯 스르르 웃으며 천천히 답했다.

"그 사랑은 …. 믿을 수 없을 만큼 따뜻하겠죠."

사람이 떠나 고요해진 상담실 창가 너머로 은근한 겨울 햇살이 비추는 그곳 책상에 정신은 잠시 눈을 붙이고 있었다. 꿈을 꾸어 본 횟수는 손에 꼽을 정도로 적었다. 그러나 그는 지금 그 어느 때보다도 깊은 꿈을 꾸고 있었다.

대로 가에서 서로를 가로 지으며 빠르게 지나가는 흐릿한 존 재의 형체들. 그 비좁은 틈으로 해연이 보였다. 해연은 누군가 와 말을 하고 있는 듯 했다. 정신은 더 앞으로 걸어갔다. 굳은 채로 서 있는 해연과 비슷한 분위기를 풍기는 중년의 여자가 있 었다. 해연은, 슬퍼 보였다.

"나를 …. 사랑한다고 했잖아요."

여자는 측은한 눈으로 해연을 바라봤다.

"어떻게 널 사랑하지 않을 수 있겠니?"

"날! 제일 사랑한다고 했잖아!"

소리치는 해연을 보던 여자의 고개가 기울어졌다.

"난 어렸을 때 엄마한테 미안했지. 엄마는 세상에서 제일 사 랑하는 사람이 나인데, 나는 엄마가 아니어서."

해연은 목소리를 죽였다.

"난 제일 사랑해."

여자의 눈은 슬퍼보였다.

"……. 너의 별을 제일 사랑하게 될 거야. 그래야만 하지."

해연은 힘든 얼굴로 고개를 저으며 자신의 가슴을 부여잡는 다.

"아빠가 힘들게 해요? 아님 내가 다 커버려서 …. 그래서 지친 거야? 이젠 내 옆에 있어주지도 못할 만큼?"

여자는 슬픈 얼굴로 한참이나 해연을 바라보았다. 그러나 이제는 인연의 줄을 놓아야 한다는 표정을 지은 채 희미한 미소를 지었다.

"엄마에게도 …. 나에게도 별이 있어 해연아 …. 나는 내 별을 제일 사랑해."

자신의 가슴을 부여잡고 서 있던 해연의 팔이 툭 떨어졌다. 해연은 쏟아지는 눈물을 닦아내지 않았다. 여자의 두 눈에는 한 줄기의 눈물이 흘러내리고 있었다. 곧이어 여자는 뒤를 돌아 해연을 떠나갔다. 다시는 돌아오지 않을 것처럼, 아주 오랜 시간 가늠해왔던 이별처럼. 해연은 그대로 바닥에 주저앉았다. 해연의 조금 열려진 입에서는 희미한 목소리가 흘러나왔다. 그리고는 다시는 깨어나지 않을 꿈을 꾸려는 듯 해연은 바닥으로 몸을 눕혔다.

정신의 시야가 캄캄해졌다. 꿈에서 깨어나고 싶지 않아서 눈을 감고 있었지만 정신은 자신이 꿈에서 깨어났다는 사실을 알 수 있었다. 정신은 태엽을 감는 듯 두 귀를 열었다. 해연의 입에서 마지막으로 흘러나왔던 그 말은 무엇이었을까. 그 마음은 무엇이었을까. 암흑으로 뒤덮어진 공간속에 현란한 색색의 빛들이 정신의 머릿속을 지나갔다. 그리고 곧이어 들려왔다.

"내 별이었어요 엄마는."

대백병원의 한적한 복도 통로길. 몇 명의 떠들기를 꽤 좋아하는 여자 무리 앞을 조금 지친 얼굴을 하며 경진이 지나갈 때쯤이었다.

"그래, 이사장님 방 문 앞에서 내가 직접 들었다니까?"

"듣고 보니 그러네. 그 큰 집에서 딸 다 키워놓고 그냥 나갈 리가 없지."

"결국 바람나서 버린 거네 뭐."

경진은 걸음을 멈춰 귀를 기울였다.

"근데 정말 엄마 때문에 쓰러진 거래? 그렇게 안 봤는데 되게 이상한 애네 …."

"이사장도 웃기지. 바깥 여자 들였다는 소문 돌까봐 자기 핏줄을 부정한 거 아니야. 그것도 몇 십 년이나."

"어머 진짜 …. 완전 콩가루네. 기자한테 찔러줘야 하는 거 아니야?"

어느새 슬그머니 다가온 경진은 속삭이는 무리 틈으로 고개를 내밀었다.

"누가 그래요?"

여자들은 화들짝 놀라며 순식간에 서로 지켜온 자리를 이탈하고는 은근슬쩍 곁눈질로 서로의 입을 막았다. 경진은 허탈한 듯 작게 웃으며 고개를 끄덕 거리고는 발걸음을 내딛었다. 물론, 한 마디 흘려 날려주는 것은 잊지 않았다.

"사람이, 사람답게 살기 어렵나."

복도를 통과하는 경진의 뒤에서 작은 코웃음 소리가 들려왔다. 하지만 경진의 얼굴에는 전보다 더 두꺼운 그늘이 낮게 깔렸다. 거리의 소문은 그저 소문일 뿐이라고 여기는 생각은 늘 변함없었지만 이번에는 조금 달랐다. '이사장님 방 문 앞에서 내가 직접 들었다니까?' 경진의 걸음이 조금 빨라졌다. 해성이 알아야 할 소문일 수도 있겠다는 생각이 경진의 머릿속에서 떠나지 않았다.

경진은 어두운 얼굴로 레지던트 수면실에서 해성이 오기만을 기다리고 있었다. 해성에게 소문을 전달해주는 것이 전혀 달가운 일이 아니었지만 결코 몰랐으면 몰랐지 입을 닫아버려도 될 만한 수준이 아님을 경진은 온몸으로 인지했다. 경진은 초조한 얼굴로 손톱을 물어뜯었다. 유치원 때에나 하던 손톱 물어뜯기 버릇이 나온 것이다. 그때 수면실 문이 열리고 해성과 그를 뒤따라서 들어오는 서윤이 보였다.

"잠깐인데 뭐 부담 말고."

해성을 뒤따라서 들어오는 서윤을 보며 초조한 얼굴을 하던 경진은 미간 사이를 좁혔다. 익숙한 얼굴이었다. 언젠가 구멍이 난 곰돌이를 실로 매어 주었던 옛 추억을 공유하고 있는 친구처럼.

"경진아? 너 경진이 맞지?"

얼떨떨한 경진의 얼굴을 쓱 보던 서윤은 괜스레 가벼운 웃음을 터트리며 경진의 등을 가볍게 친다.

"해성이랑 경진이 너랑, 구멍 난 곰돌이 때문에 싸울 때마다 난 늘 그 싸움 말려주는 애였잖아. 둘이 같은 병원 다닌다고는 들었지만 …. 여기서 이렇게 보네?"

경진은 커진 눈을 하곤 별 반응을 보이지 않는 해성을 바라봤다. 유치원 동창이었단 말인가? 그런데 왜 …. 서윤은 어딘지 어색한 공기가 흐르는 해성과 경진을 바라봤다.

"설마 …. 잊은 거야?"

경진은 어색한 웃음을 그렸다. 정말 기가 막히고 코가 막혔지만 언뜻 스쳐지나가는 일곱 살 해성의 모습이 떠올랐다. 그와 자신이 아주 어렸을 적부터 소꿉놀이를 하던 때가 기억이 난 것이다. 경진은 말없이 인간의 내면 깊은 곳 잊고 싶었던 기억을 찾은 사람의 얼굴을 했다. 그러나 해성의 얼굴은 달랐다.

"잊을 리가 있냐. 그래서 그런지 아직도 싸우고."

해성은 이미 알고 있었다는 듯 가볍게 웃으며 조금 어두운 얼굴을 하는 경진을 쓱 쳐다본다. 경진은 자신과 해성이 아주 오래전부터 이어져있던 인연이었다는 것도 그 과거를 해성이 이미 알고 있었다는 것도 놀라웠지만. 도대체 꺼내지지 않는 미적지근한 기억을 떠오르려 애를 썼다. 도대체 뭐지. 뭐가 이리도 찝찝한 거야.

"하여튼 정말 반가워 …. 이렇게 보니까 정말 새롭다. 정말

…. 많이 컸다."

지나온 세월을 세삼 실감하는 사람처럼 두 볼이 상기된 채 해
성과 경진을 바라보던 서윤이 말했다. 경진은 어색한 듯 뒷목을
쓰다듬는다.

"그래 …."

"어? 잠깐만."

휴대폰을 꺼내들던 서윤은 아쉬운 표정을 끝으로 미안한 미
소를 그렸다.

"어쩌지 …. 미안 나 가봐야 할 것 같은데."

서윤의 미안함이 물든 얼굴을 바라보던 해성은 보기 드문 부
드러운 미소를 짓는다.

"그래. 다음에 또 보자."

"벌써 가려고?"

나갈 준비를 하는 서윤을 보던 경진이 말했다. 서윤은 작은
숨을 내쉬며 웃는다.

"직장인도 바빠요 의사 선생님. 조만간 시간 비워서 그때, 마
저 얘기하자."

"어 …. 그래."

어느 사이 해성은 먼저 연 문으로 서윤이 나갈 자리를 내어준
다. 서윤은 고마운 듯 웃으며 해성과 함께 수면실을 빠져나갔
다. 순식간으로, 잊고 있었던 과거와 직면하게 된 경진은 홀로

남은 수면실 침대에 천천히 앉으며 중얼거렸다.

"……. 뭐가 어떻게 된 거야. 이 찝찝한 기분은 뭐야 …."

느슨한 겨울바람이 맴도는 자동문을 통과하며 먼저 밖으로 나온 해성은 미묘하게 추위에 떨고 있는 서윤을 힐끔 바라보면서 말했다.

"오늘 와줘서 고마워. 들어가 춥다."

"그래 …. 해성아."

서윤은 주저하는 얼굴로 조심스레 말을 꺼낸다.

"해연 언니한테 더 오래 있어 주는 건데 …. 오늘은 정말 일이 있어서."

"다음에 또 와주면 되지."

서윤은 그럼에도 불구하고 좀처럼 마음이 무거운 탓에 미안한 얼굴로 자리를 떠나지 않았다. 조금 긴 침묵의 시간을 말없이 바라보던 해성은 병원 앞에 줄을 이어선 택시를 잡았다. 서윤은 한동안 고개를 조금 낮추다 도로 해성이 자리하고 있는 택시로 다가가 해성이 미리 열어놓은 조수석에 몸을 밀어 넣었다.

"고마워, 연락할게."

해성은 착한 아이처럼 고개를 끄덕이곤 조수석 문을 닫았다. 해성은 부드러운 시선으로 서윤이 탄 택시 뒷자락을 바라보며 그리운 얼굴을 하곤 오래 동안 서 있었다. 마치, 구멍이 난 곰돌이를 실로 매어주었던 옛 추억을 공유하고 있는 첫사랑을 만난 사람처럼.

정신은 상담실 의자에 앉아, 고민의 빠진 얼굴로 한참을 심각한 얼굴을 했다. 꿈에서 지극히 선명했던 대화들과 자신이 깨어났을 때 이윽고 들려오던 해연의 목소리가 정신의 귓가에 맴돌았다. 그리고 정말 놀라운 것은 꿈이 꿈일 뿐이 아닐 것이라고 생각하고 있는 자신의 의문점이었다. 그리고 이젠 궁금해졌다. 왜 내 꿈속에 나왔던 거지? 정신은 잠시 머리를 굴리다 살짝 놀라 웃으며 고개를 낮췄다. 이유야 간단하잖아. 정신은 진저리나는 듯 고개를 흔들며 자리에서 일어났다. 대학 시절. 사랑에 관한 논문을 준비하던 때 가장 많이 다뤘던 간단명료한 논리가 생각이 난 것이다. 정신은 창가 밑에 둔 헝겊이 올려 덮어진 머그잔을 바라보며 다가갔다. 다른 이에게 소속되고 싶어 하는 욕구, 우월해 보이는 유전자에게 인정받고 싶은 욕구, 의미를 두며 상대를 정복하고 싶은 소유욕 따위가 말이다. 정신은 머그잔 위에 올려놓은 헝겊을 벗겼다. 해연의 숨결이 닿았던 머그잔이라고 하기엔 해연이 떠난 그 다음날 너무나 깨끗이 닦아내어 표면이 빛나고 있는 머그잔을. 정신은 음울한 눈으로 머그잔의 손잡이를 매만졌다. 인간이란 참 간사하지. 희망을 무관할 수 있는 용기가 없으니.

"선생님. 저 먼저 퇴근할게요."

어느 사이. 근무 시간이 조금 지나 상담실 문을 조금 열어, 정신의 눈치를 살피던 여자는 자신의 말이 들리지 않는 듯 적막한 침묵 속에 있는 그를 보곤 도로 상담실 문을 닫았다. 여자는 올려 묶은 머리를 풀어 마구 긁적였다. 자신이 도대체 간호사인지 바리스타인지 구분이 안 가는 것은 둘째 치고 자신의 존재 자체를 숨 막히도록 개 무시하는 정신을 도저히 참아줄 수 없어서였다. 여자는 조금 거친 숨을 내뱉으며 도로 머리를 동여맸다. 그래. 내가 왜 이 병원에 왔는지를 잊지 말자. 대학병원에서의 개같은 멸시 보다야 월급도 월등하고. 그래. 초심을 잃지 말자!

대백병원의 오후. 해가 지는 노란 색의 나른한 빛이 유리창을 뚫고 들어와 찬 바닥을 뒤덮었다. 복도 통로 길을 보편적으로 바쁘게 걸어 다니는 사람들 틈으로 해성이 보였다. 해성은 찬 벽에 기대어 생각에 잠긴 얼굴을 했다. "해성이랑 경진이 너랑, 구멍 난 곰돌이 때문에 싸울 때마다 난 늘 그 싸움 말려주는 애였잖아. 둘이 같은 병원 다닌다고는 들었지만 …. 여기서 이렇게 보네?" 지난 날, 서윤이 다녀간 후로부터 해성의 얼굴에는 기이한 그늘이 그려지고 있었다.

"아 그니까. 내가 차트보고 기겁을 했다니까?"

들려오는 경진의 목소리에 표정 없이 우두커니 서 있던 해성은 뒤를 돌았다. 흰 가운을 걸친 몇 명의 레지던트 사이로 열변을 토하고 있는 경진이 보였다. 움직임이 없던 해성은 조금 빠르게 걸음을 떼어냈다. 멀리서 그가 나타남을 발견한 레지던트들은 선뜻 걸음을 멈춰 선다. 경진은 의아한 얼굴로 이제야 해성의 존재를 발견하고는 그 자리에 섰다. 어느 사이 경진과 마주보는 자리에 가까이 다가온 해성은 움직임을 멈추고는 표정 없는 얼굴로 입을 떼어냈다.

"출세하기 싫은 건지, 싫은 척 하는 건지 물어봐도 되냐?"

해성은 삐뚤어진 고개로 경진의 굳어가는 얼굴을 바라보면서 비스듬히 미소 지었다. 경진의 곁을 지키던 레지던트들은 당황한 얼굴로 부랴부랴 자리를 떠나간다. 경진은 어두운 얼굴로 푹 한숨을 내쉬고는 느릿하게 입을 열었다.

"대학교도 아니고 고등학교도 아니고 유치원 동창인데 그게 그렇게 불만이야?"

경진의 가라앉은 얼굴을 유심히 지켜보던 해성은 피식 웃음을 흘렸다.

"영광이지 않냐?"

해성의 잘도 웃음을 짓는 얼굴과 대면하고 있던 경진은 미간을 좁히고는 짜증이 나는 듯 뒷머리를 한 손으로 긁어대면서 말했다.

"나는 진짜 모르겠다. 해성아 ….."

해성의 짙은 눈썹이 꿈틀거렸다.

"······. 해성아?"

경진은 울컥 발개진 얼굴로 말했다.

"내가 진짜 널 친구로 생각해서 그러는데! 진짜 그러지 마라. 우리는 소꿉놀이하는 애들이 아니라 성인이야, 성인."

경진의 화난 얼굴을 마주보던 해성은 가만히 팔짱을 낀다.

"그래?"

경진은 피식 웃음을 터트리고는 전보다 더 발개진 얼굴로 말했다.

"네가 어릴 때부터 남달랐던 건 아는데 진짜 돌게 하거든? 네가 도대체 왜 그런 빌어먹을 성격을 가진 건지는 모르겠는데! 이젠 네 어리광을 받아줄 만한 사람은 없다고."

경진의 붉어진 얼굴을 들여다보던 해성은 팔짱을 풀지 않은 채로 고개를 기울였다.

"너랑 내가 친구라고 생각해?"

경진은 허탈하게 웃음 지었다.

"아니었냐?"

해성은 고개를 저어내면서 그 푸르른 눈으로 경진의 가라앉은 얼굴을 바라보고는 말했다.

"친구라는 건 서로 동등해야지만 성립이 되는 거야. 근데 내가 너랑 동등하다는 말은 ···. 좀 심하지 않냐?"

가만히 듣고 있던 경진은 어쩐 일인지 달려들지 않았다. 해성은 지켜보고 있었다. 서서히 경진의 얼굴에 퍼지는 작은 미소를.

"이제 알겠다."

경진은 느릿하게 한 걸음 가까이 다가가 해성의 눈앞에 멈춰 선 채 더 짙은 웃음을 그리면서 입을 열었다.

"역시 가진 것들은 뭘 해도 태가 나 …. 어렸을 때부터 부족함이 없게 받았거든. 선물도 받고 돈도 받고 그런데 …."

가만히 해성의 푸르른 두 눈을 마주하던 경진은 말을 이었다.

"넌 왜 사랑을 못 받은 태가 나지?"

해성의 두 눈이 흔들리기 시작했다. 경진의 입가에 조소가 맺혔다. 경진은 다시 한 걸음 물러서고는 어깨를 으쓱 들었다 내려놓았다.

"난 뭐 괜찮아. 너 같은 친구를 둬서 좀 피곤하지만."

경진은 그렇게 말하면서 해성의 가라앉은 어깨에 손을 올려놓고는 몇 번 두들겼다. 해성은 그늘이 진 얼굴로 경진이 금방 짓는 사람 좋은 웃음을 바라보았다. 경진은 능청스레 입을 열었다.

"그래도 적당히 해 …. 우린 친구잖아?"

그렇게 말을 하고는 그는 한동안 웃음 짓는 얼굴로 해성을 뚫어지게 바라보다가 이내 가볍게 몸을 돌려서 발걸음을 옮겨갔다. 해성은 낮아진 고개를 조금 돌려서 멀어지는 경진의 뒷모습에 넌지시 시선을 고정시켰다. 위태로운 그들의 사이는 그렇게 멀어지는가 싶었다. 어차피 같은 하늘 아래 생을 유지하며 살아가는 생명체이지 않은가. 해성은 피식 웃음을 터트렸다. 그의 얼굴은 어느덧 소년의 얼굴이 되어 있었다. 멀어지는 친구의 등 뒤에서 불끈 작은 두 주먹을 쥐었던, 진실을 들켜버렸던 그날의 약한 소년이.

"그럼 수고 하세요."

지하철 입구에서 찬바람에 미묘하게 떨고 있는 정장차림을 한 몇 명의 무리들에게 인사를 전하고 서윤은 자리를 벗어났다. 번화가를 알리기라도 하는 듯 화려한 불빛 속을 비집고 수많은 사람들이 스쳐 걸어가고 있었다. 서윤의 얼굴에는 평범한 직장인의 보편적인 그늘이 깔려있었지만 서윤은 내색하지 않았다. 화려한 불빛 속에서 유독 단정한 간판의 불빛이 서윤의 눈으로 들어왔다. '마법의 책 공장' 서윤은 아무런 거리낌 없는 얼굴로 발걸음을 멈춰 겨울바람 탓에 시린 손을 입으로 호호 불며 가만히 간판에 쓰여 있는 문구를 바라보고는 중얼거렸다.

"되게 예쁜 이름이네."

서윤은 그렇게 말하곤 무언가의 이끌리는 듯이 천천히 걸음을 옮겨 갈색의 유리문을 열었다. 일반 서점과 다를 것 없이 나열되어있는 책들이 보였다. 높은 책장을 맴돌며 책 몇 권을 한

손에 든 중년의 여자는 조금 너저분한 머리를 매만지며 서윤을
반겼다. 서윤은 조용하게 미소 지으며 고개를 숙여 보이고는 앞
에 진열되어 있는 책들로 시선을 옮겼다. 독서를 좋아하긴 하지
만 나름대로 취향이라는 게 있어서 작가의 유명세보다는 필체
를 보고는 했다.

　서윤은 진열되어 있는 책들 중. <영혼의 소리>라는 이름이 쓰
여 있는 책을 집어 들었다. 이번에는 제목이 마음에 들었다. 서
윤의 조그마하게 미소 짓는 얼굴이 책 첫 장에 닿았다.

　[은하계 저 너머에도 당신이 있다. 우리 눈에 보이지 않는 끈
(string)이 다중 우주에 살아가고 있는 당신의 영혼과 연결되어
있다. 이것은 우주의 법칙이다. 우주의 먼지가 별이 되고 또 하
나의 먼지가 생명을 만들었듯이. 당신은 광활한 우주의 일부분
이다.]

　서윤은 알 수 없는 표정으로 책을 덮고는 원래 있었던 자리에
내려놓았다. 그리고는 다시 나열되어 있는 책들을 훑어보았다.
무언가의 느낌이라는 것이 지금 이 순간을 집중하게 만들었다.
서윤은 책을 집어 들어 책장을 펼쳤다.

　[지루하고 진부한 것을 심하게 싫어하는 나에게는 어울리
지 않는 음악적 취향이 있었다. 나는 Maximilian Hecker의
Lonely In Gold를 좋아한다. 밤마다 그 음악을 듣고 있으면 나
의 머릿속으로 어떠한 그림이 그려졌다. 지금의 내 마음과 닮

은 사람이 또는 나의 영혼과 닮은 사람이 나타나 함께 이 음악을 들으며 서로를 알아볼 수 있는 그림이 말이다. 음악이 끝나면 찾아오는 나의 생각은 '정말 진부한 그림이란 말이야.'였지만 그러한 그림이 계속해서 그려지는 것은 멈출 수 없었다. 나는 그렇게 밤마다 Maximilian Hecker의 Lonely In Gold를 들으면서 고요한 생각에 빠져있었다. 그렇게 얼마나 시간이 흘렀을까. 친구와 짧은 만남을 끝으로 집으로 돌아가는 방향에서 길거리 한복판에 디스플레이 되고 있는 Maximilian Hecker의 Lonely In Gold를 들으며 무언가의 내가 심취해있을 때 홀로 서서 조용하게 음악을 감상하는 그와 눈이 마주쳤다. 그의 손에는 작은 과일바구니가 들려 있었고, 나는 하마터면 주저앉을 뻔하였다. 밤마다 Maximilian Hecker의 Lonely In Gold를 들으면서 고요한 생각에 빠져있을 때의 한 가지 추가한 항목이 있었다. '과일 바구니를 들고 있었으면 좋겠어. 진부하지 않게.'

나는 그날 후로 그와 오랜 시간을 만났고, 결혼을 한 지금도 Maximilian Hecker의 Lonely In Gold를 함께 들으며 그날의 이야기를 그와 가끔 꺼내고는 한다.

나는 운명이라는 것이 있는지는 모르겠다. 그와 나는 운명이라는 느낌보다는 조금 더 차원이 높은 교감을 지금까지 하고 있으니까. 하지만, 이 세상에는 우리가 볼 수 없는 것이 존재하고 볼 수 없는 무언가가 여전히 우리의 곁에 있다는 것을 알았다.]

4장. 놀랍도록 이상한 남자

어떠한 기억이란 시간이 지나면 왜곡되고 변질되어 단단해진다. 하지만
기억하지 않는다면 더 이상 존재하지 않는다. 기억의 상처가 그렇다.

20년 전에 어린 경진이 보였다. 그래, 아마 일곱 살 경진이었다.

"줘! 달라니까!"

"형이라고 부르면 줄게."

어린 경진과 어린 해성은 조그만 곰돌이의 몸체를 서로 잡은
채 팽팽한 기 싸움을 펼치는 중이었다.

"이거 우리 아빠가 사준 거란 말이야! 줘!"

조그만 얼굴과 두 귀가 모두 빨개져 소리치는 어린 경진을 보
며 어린 해성은 픽 웃었다.

"이 까짓 거 얼마나 한다고. 그러니까 형이라고 부르면 되잖아."

가소롭다는 듯 웃음 짓는 어린 해성을 어린 경진은 말없이 초연한 눈빛으로 바라봤다. 그리곤 더 이상 소리치지 않았다.

"넌 이 까짓 거라도 아빠가 사줘?"

"……."

어린 경진은 이따금 어린 해성에게 찾아온 불안함을 마주보며 슬며시 승자의 미소를 지었다. 어린 해성은 천천히 조그만 곰돌이의 다리를 꼭 잡고 있었던 손의 힘을 스르르 풀어 떨어트린다. 어린 경진은 조금 놀라며 주먹을 쥐었다. 자신이 무엇인가 크게 잘못한 것 같은 마음이 어린 마음을 덜컥 집어 삼켰다. 그런데 어린 해성은 좀처럼 열리지 않는 입을 자연스레 열었다. 그 목소리의 떨림은 감추지 못한 채.

"……. 멍청하긴 그 까짓 곰돌이 쓰레기일 뿐이야."

어린 경진은 다시금 차가운 눈으로, 무언가의 떨고 있지만 그래도 웃고 있는 어린 해성을 노려봤다. 어린 해성은 대수롭지 않은 듯 고개를 살짝 기울며 희미하게 미소 지었다.

"어차피 버려질 거."

경진은 감은 눈 미간 사이를 찌푸리다가 슬며시 눈을 뜨며 누운 몸을 느리게 일으켜 자리에 앉았다. 또 그 꿈이다. 며칠 전 서윤이 다녀간 이후로 쉴 틈 없이 반복해서 꾸는 꿈. 며칠 새 잠시 동안 눈을 붙일 때면 어김없이 어린 해성이 등장하는 그 꿈. 경진은 피곤한 얼굴을 매만졌다. 뭐가 있긴 있는 것 같은데 말이야. 경진은 짧은 머리칼을 마구 문질렀다. 무거운 심오함이 경진의 머릿속을 복잡하게 휘저었다. 지금도 후배 노릇하느라 죽겠는데 또 골치 아프게 생겼네. 젠장 할.

해성은 굳게 결심을 다진 얼굴로 이사장실 문 앞에서 잠시 멈추었다가 유연한 몸짓으로 문을 열었다. 노년의 무게감을 풍기는 남자는 소파에 앉아 몇 장의 서류들을 훑어보다가 문을 열고 들어온 해성의 무거운 얼굴을 넌지시 쳐다보곤 다시 서류들을 뒤적였다. 해성은 조금 세게 쥔 주먹을 느슨하게 풀어 입을 열었다.

"병원에서 떠도는 소문이 사실이에요?"

해성은 목석처럼 앉아 있는 노년의 남자를 노려봤다. 그 언제나 수없이 던지던 물음에도 대답을 들을 수 없었던 남자. 그래서 더 화가 났다.

"그 서류들은 뭐예요? 이젠 다른 병원 알아보는 중이에요? 수습하려고?"

해성의 이죽거림에도 풍채 좋은 노년의 남자는 작은 미동조차 없었다. 해성은 허탈한 듯 웃으며 낮게 목소리를 깔았다.

"왜요 귀찮게. 다른 병원 가면 일은 더 커질 텐데요. 그냥 보내버려요."

노년 남자는 서류를 바꿔 끼우던 손짓을 멈추곤 고개를 들어 해성의 반항 묻은 얼굴을 바라보며 말했다.

"넌 아직도 말이 많구나."

"아버지!"

해성의 솟구치는 열을 참는 힘이 바닥을 드러냈다. 해성은 이내 억누르고 있었던 화를 참지 못하며 소리쳤다.

"단 한번이면 돼요! 누나 저렇게 누워 있잖아 …. 딸이 저렇게 누워 있는데 얼굴이라도 봐야하는 거 아니에요?"

노년의 남자는 씩씩거리는 해성을 바라보며, 들고 있던 서류들을 테이블 위에 내려놓는다. 그 모습은 고요한 강물 같았다. 오래 동안 흐르지 않아 썩어버린 물.

"해연이는 …. 크게 불만 없을 거야. 내가 보기엔 지금 네가 불만이 많은 것 같구나."

잔뜩 흥분했던 해성의 주위로 순간적인 적막이 흘렀다. 해성은 기꺼운 웃음을 지었다.

"어쩌면 그럴지도 모르죠."

몇 번이고, 수 십 번이고 물어왔다. 혹시나 졸부의 아들을 입양해 데려온 것이 자신이냐고 물어본 적도 있었다. 그렇게 물어오고 또 물어왔던 물음은 세월이 지나도 변하지 않는다. 그 사실이 이렇게 굴욕적인 것도 변하지 않겠지. 해성은 음울한 눈으로 목석같은 노년 남자를 바라봤다. 노년의 남자는 이때다 싶은 사람처럼 말을 이었다.

"사람이 그럼 못 써. 솔직할 줄 알아야지."

넋을 잃은 듯 잠시 동안 말이 없던 해성은 진한 미소를 지었다.

"아버지한테 들을 줄은 몰랐네 …. 그 말을."

노년의 남자는 어두운 얼굴로 해성의 미소 짓는 얼굴을 바라봤다. 해성은 정숙하게 고개를 살짝 숙이며 작은 인사 치례를 했다. 그리고는 순간의 적막 속에서 입을 열었다.

"자리를 오래 비웠네요. 가보겠습니다 이사장님."

지극히 깍듯한 해성의 인사에 얼굴색 하나 변하지 않고 앉아 있던 노년 남자는 곧이어 문을 열어 나가는 해성의 뒷모습을 바라보곤 그늘진 얼굴로 천천히 테이블 위에 놓인 서류들을 다시 집어 들었다.

도시의 한 구석의 작은 공원. 봄이 다가오는 화려한 겨울 햇살을 손바닥으로 가려내고는 서윤은 눈살을 조금 찌푸렸지만 이내 머리 위에 올려놓은 손을 내려놓았다. 태양은 오늘도 내일도 그 다음날에도 화려한 햇살을 그토록 눈이 부신 빛을 뿜어 줄 것이지만 유독 오늘의 햇살은 다르게만 느껴졌다. 서윤은 편한 얼굴로 적당한 벤츠에 앉았다. 직장생활에서의 휴식시간은 그리 많지도 길지도 않다. 그래서인지 그럴수록 무언가 더 의미 있는 휴식을 갖추어야 했다. 서윤은 두 눈을 감고는 피부로 전해지는 따스함에 집중하며 중얼거렸다.

"이렇게 의미 있게."

서윤은 한참을 두 눈을 감은 채로 따스한 햇살이 피부의 침범하는 것을 즐기고 있었다. 문득 커다란 그늘이 햇살을 침범하도록 가로막은 것이 문제였지만. 서윤은 감고 있던 두 눈을 떴다. 조금 지쳐 보이는 얼굴을 하고 서윤의 앞에 가만히 서 있는 해성이 보였다.

"여기서 일광욕하는 줄은 몰랐어."

지친 얼굴을 하고 있는 해성의 조금 의아한 표정이 당혹스러움을 감추고 있는 서윤에게 돌아갔다.

"가끔."

짧은 대답으로 불편함을 대신 말하는 서윤을 가만히 바라보다가 해성은 가벼운 몸짓으로 서윤의 옆에 앉았다. 갑작스런 만남에 서윤은 반가움을 표현할 법도 하건만 그저 조용한 얼굴로 가만히 따스한 햇살을 내리받고 있었다.

"그때랑 똑같네. 너 어릴 때랑."

서윤은 고개를 돌려, 해성의 퉁명스러운 얼굴을 바라보며 물음 어린 시선으로 해성의 답을 기다렸다. 해성은 너털웃음 지어냈다.

"다른 애들은 다 인형 가지고 놀 때 넌 벤츠에 앉아서 지금처럼 눈 감고 있었잖아. 그때에도 일광욕을 즐겼을 줄은 모르겠지만."

누가 들으면 그걸 어떻게 기억하냐고 놀랠만한 일이었다. 그러나 서윤은 그다지 놀래지 않았다.

"너도 같이 했잖아."

오히려 놀랜 쪽은 해성이었다.

"……. 기억해?"

서윤은 가만히 미소 지었다.

"그날 아침에 엄마한테 되게 혼났어. 엄마가 아끼는 구두를 몰래 신다가 굽을 망가트렸거든. 그래서 유치원에 와서도 계속 마음이 쓰였나봐."

말을 멈춘 서윤은 조금 놀랜 얼굴을 하고 있는 해성을 바라보며 말을 이었다.

"아마 …. 너도 마음에 쓰이는 일이 있었나봐."

그렇게 말을 하곤 서윤은 다시 고개를 바로 했다. 지난 번 '마법의 책 공장'에서 읽었던 책들 때문인지 생각이 어떠한 방향으로 흐르고 있었다. 해성은 의아한 눈으로 그렇게 가만히, 혼자만의 생각 속에서 시간을 보내고 있는 서윤을 바라봤다. 어린 날의 추억을 또 공유하고 있는 것이 있었다. 해성의 무미건조했던 입가에 언제나처럼 따스한 햇살이 수를 놓듯 그려졌다.

"오늘 무슨 일 있니?"

서윤의 걱정 어린 시선이 말없이 앉아있는 해성에게 향했다. 해성은 미소를 지우며 어깨를 조금 으쓱해보였다.

"아니."

해성의 얼굴을 가만히 바라보던 서윤의 얼굴에서 무언가의 감정이 떠올랐다. 해성의 입가에 비스듬한 미소가 걸렸다.

"여기 또 올 것 같아."

서윤의 의아한 표정 위로 미묘한 감정이 위태롭게 지나갔다. 해성은 스르르 앉은자리에서 일어나 서윤을 바라보며 말했다.

"또 보자."

그렇게 말을 뱉고는 해성은 뒤를 돌아 걸어갔다. 해성은 무언가의 느낌에서인지 모르겠지만 그녀를 다시 볼 수 있을 것 같았다. 해성의 입가에 작은 웃음이 번지고 있었다.

멀어지는 해성의 모습을 지켜보고 있던 서윤의 고개가 조금 기울어졌다. 알 듯 모를 듯 느껴졌던 감정이 은근슬쩍 그려지고 있었다. 서윤의 기울어져 있던 고개가 제자리를 찾아갔다. 그리고 해성의 입가에 번졌던 작은 미소가 곧이어 서윤의 입가에 스며들고 있었다.

해성은 콧노래를 불렀다. 딱히 기분이 좋아서라기보다 언젠가 그 누군가 불러주었던 자장가를 흥얼거리듯이 뱉어냈다. 어둡고 음습했던 사랑을 갈구하던 시절의 노래. 해성은 비스듬히 고개를 기울였다. 딱히 죽은 엄마가 생각나서는 아니었다. 아주 어렸을 적의 기억이라고는 지극히 조용한 그를 오랫동안 돌보

아준 여러 명의 유모들의 생김새 정도였다. 해성은 힘없는 손을 들어 올려서 메마른 얼굴을 문질렀다. 솔직히 무덤덤했다. 유일성을 가진 존재가 없는 마음은 텅 비어버린 식빵과도 같았다. 차라리 그 흔한 응석 한 번 부려봤으면 그때의 슬픔을 슬픈 것이라고 자각했을 지도 모른다. 아이는 그렇게 커야 하니까. 행복은 행복이라는 것과 슬픔은 슬픈 것이라는 사실을 느끼면서 자라야 하니까. 그렇게 건강한 정신을 쌓아왔어야 했는데. 해성은 약간 열린 입술로 피식 웃음을 터트렸다. 되돌아 갈 수 없는 지금에서야 그 슬픔을 맞이하다니. 더 이상 슬픔의 이름도 모른 채로 받아드리고 있다니. 해성은 피곤한 얼굴을 두 손으로 뒤덮었다. 고요한 어둠이 필요했다. 아무 것도 보이지 않고, 아무 것도 나타나질 않는 짙은 어둠이 필요했다. 마치, 처음부터 없었던 것처럼.

"형. 여기서 뭐해?"

들려오는 경진의 목소리에 해성은 얼굴을 뒤덮고 있던 두 손을 내려놓고는 뒤를 돌아섰다. 그의 얼굴에는 어둠이 드리우고 있었다. 안색이 좋아 보일 리 없는 해성의 얼굴을 지그시 바라보던 경진은 먼저 입을 열었다.

"무슨 일 있어?"

해성은 그 어두운 얼굴에 미간 사이를 좁히면서 입을 열었다.

"…. 무슨 일 있냐고?"

경진은 점점 그늘이 진 얼굴이 되어 입을 다물었다. 표정 없는 해성은 기꺼운 웃음을 터트렸다.

"알아야 되겠냐? 네 주제에?"

해성은 그러면서 입술을 잘근 깨물었다. 무언가를 들켜버렸을 때마다 하는 해성의 버릇이었다. 경진은 그늘이 진 얼굴로 뒷머리를 긁적이고는 입을 열었다.

"그냥 계급장 떼고 갈까, 우리?"

해성은 전보다 더 진한 웃음을 지었다.

"해봐."

어느 덧 팔짱을 낀 채 서 있는 해성을 바라보던 경진은 천천히 인상을 구기면서 입을 열었다.

"내가 궁금해서 그러거든? 근데 이게 혼자서는 아무리 생각해봐도 모르겠는 거지 …."

경진은 말끝을 흐리고는 시선을 해성의 표정 없는 얼굴에 고정시키면서 다시 입을 열었다.

"네 그 삐뚤어진 성격이 장애라는 사실은 알고 있냐?"

해성은 약간 흔들리는 눈으로 경진을 바라봤다. 경진의 입가에 조그마한 미소가 걸렸다.

"그리고 그 장애는 후천적인 이유에서 오는 것도 알고?"

경진은 지켜보고 있었다. 마주보고 서 있는 해성의 두 눈이 심하게 흔들리는 것을. 딱히 상처 줄 생각은 아니었다. 그저 답

답했을 뿐이었다. 경진은 그늘이 진 얼굴로 다시 입을 열었다.

"이런 말 미안한데 …."

경진은 하면 안 된다고 생각했다. 정말 그 말만은 해서는 안되는 것이라는 사실을 잘 알고 있었다. 그런데.

"보기 안쓰러워."

경진은 자신이 뱉어놓고도 불안한 듯 적이 차가운 얼굴로 자신을 노려보고 서 있는 해성을 바라봤다. 해성은 놀라울 만큼 멀쩡했다. 달려들지도 않고 어떠한 대꾸도 하지 않았다. 그래서였다. 무엇인가 크게 잘 못 되었다는 사실을 깨 닳았던 것은. 경진은 입을 벌리면서 한 발자국 해성에게 다가갔다. 하지만 해성은 약간의 미소를 지은 채로 한 걸음 뒤로 물러선다.

"그게 네 본심이었군."

경진은 커진 눈을 하고는 몇 걸음 더 걸어가면서 입을 열었다.

"이 자식이 …. 네가 언제부터 내 말을 잘 들었다고! 내 말은 그게 아니라 해성 …."

경진은 소리를 치던 목소리를 더 이상 내지 않았다. 해성이, 그 차가운 얼굴을 하고 있던 해성이 웃고 있는 것이었다. 해성은 비스듬히 고개를 기울이고는 다시금 희게 미소 지었다.

"잘 알겠다."

그렇게 말을 하고는 해성은 가차 없이 뒤를 돌아 걸어갔다. 경진은 전보다 더 커진 눈을 하곤 몇 걸음 더 걸어봤지만 걸음이 제대로 떼어지질 않았다. 경진은 제 자리에서 머리를 쥐어뜯고는 철푸덕 주저앉았다. 이윽고 고개를 들어, 방금 전까지 뒷모습을 보이면서 걸어갔던 해성의 남은 흔적의 궤적에 시선을 주었다. 그렇게 어두운 옷자락을 길게 남겨두고 떠난 이는 말이 없었다. 붙잡을 수도 없는 두 손을 찾지도 않았다. 떠나갈 것이기에.

약간의 고요한 정적이 맴도는 정신카페의 늦은 오후. 그동안 야근이 필요하지 않았던 정신은 느린 몸짓으로 기지개를 펴고, 언젠가 환자가 선물로 건네 준 시집을 읽어볼 태세로 자리에 앉았다. 정신은 책꽂이 속 몇 개의 책들 중 오트밀 색 시집을 들어 첫 장을 펼쳐 들었다.

똑 똑-

노크 소리가 들리고. 잠시 후 아주 긴 시간을 제법 기다리게 만들었던 해연이 들어왔다. 정신은 편안하게 뒤로 조금 누운 몸을 순식간에 자리에서 일으켜 해연을 반겼다. 기다림을 자연스러움으로 탈바꿈이라도 하는 듯.

"해연 씨 오랜 만이에요."

해연은 조금 웃어 보이며 환자용 의자에 천천히 앉는다.

"책 읽고 있었어요?"

정신은 책의 앞표지와 뒤표지를 몇 번 뒤바꿔서 들더니 말했다.

"독서는 필수죠."

해연은 정신의 반가움이 묻어나는 얼굴과 상기된 표정을 보며 소리 내어 웃었다.

"어떤 책이에요?"

"음."

해연의 물음이 꽤나 섬세한지라, 정신은 약간의 곤혹스러움을 감추며 책의 뒤표지에 적혀있는 머리말을 읽어 내려갔다.

"한국을 또 한 번 놀랍게 만든 위대한 작가 이주희 시집. 이라고 쓰여 있네요."

해연의 작은 웃음소리가 상담실 안을 가득 매웠다. 그러더니 해연은 나지막이 말해갔다.

"……. 바닥에 있을 때, 어두운 터널 속을 오롯이 걸어갈 때, 달콤했던 속삭임까지도 등을 돌릴 때. 나는 비로소 비상했다."

시의 구절인 듯 유창하게 읊는 해연을 바라보며 정신은 놀란 얼굴을 했다.

"혹시 좋아해요? 이 시인?"

해연은 부드러운 얼굴로 고개를 끄덕였다.

"이 여자 작품이 한창 인기를 끌고 있었을 때 경찰에 잡혀갈 뻔 했다는 기사도 나왔어요. 이 여자 때문에 각 집에 스탠드를 놓을 정도로 악질이라고 하던데 …. 정말 미스터리 하죠?"

정신은 약간의 이해할 수 없는 단어가 궁금해 물어보고 싶었

지만 해연의 웃음기 배인 얼굴을 들여다보곤 할 수 없이 입을
다물었다. 그런데 해연은 무엇인가를 주저한다 싶더니 또 다시
혼자 낮게 웃는다. 정신은 의문의 시선으로 해연의 입이 열리기
를 기다렸다. 잠시 뒤 해연은 천천히 입을 떼어냈다.

"나의 별이 사랑이라고 했던 말 …. 많이 생각해봤어요. 정말
많이."

정신의 약간 빠르게 뛰고 있는 심장이 다시금 요동치기 시작
했다. 그리고 당연한 두려움도. 정신은 애써 웃으며 말했다.

"많이 했다는 그 말은 굉장히 포괄적으로 들리네요."

웃음 짓던 해연의 표정이 진지해졌다.

"예를 들면 …. 내 별이었으면 하는 이상형. 굉장히 포괄적으로."

정신은 왠지 모를 진부함이 보여 괜한 심술 궂은 웃음을 감추
지 못했다.

"세상에서 가장 로맨틱하고 자상하고 게다가 유머 감각까지
갖춘 남자라고만 하지 말아줘요."

해연은 조금 놀란 아이 눈으로 어쩔 수 없다는 듯 말했다.

"한 가지를 제외하고 다 맞췄어요."

해연은 묘한 눈빛으로 정신을 마주봤다.

"…. 참 이상해요."

정신은 묘한 시선을 품은 채 자신을 지그시 바라보는 해연을
주시했다.

"이상해요?"

해연의 고개가 살짝 기울어졌다. 정신은 해연의 그 깊은 시선에 이끌려 아무 말도 하지 못했다. 그러나 순간의 먹먹했던 귀가 뚫리듯 스르르 무언가에서 풀려나며 자신도 모르게 입을 열어 물었다.

"그 한 가지가 뭐예요?"

해연은 은근한 눈빛으로 정신을 마주봤다.

"놀랍도록 이상한 남자."

정신은 더 이상의 말을 하지 않으려는 사람처럼 해연의 그윽한 시선을 마주봤다. 그녀의 마음은 그저 진심. 그 이상도 그 이하도 아니라는 그 확연한 사실이 왜 이리 다시금 공허하게 차오르는 걸까. 아니면 벌써 상처받을 그림이 보여서?

"나의 별이 사랑이라면 …. 사랑을 어떻게 찾아요?"

아무런 말없이 우둑하게 앉아있는 정신에게 해연이 물었다. 정신은 스르르 살짝 고개를 숙였다가 다시 고개를 들어 해연을 바라봤다.

"보통 요지는 가까이 있어요."

입을 떼어낸 정신은 괜스레 어깨를 약간 으쓱하며 말을 이었다.

"이젠 해연 씨의 별이 사랑이라는 것을 알았고 지금 우선인 건 연애를 해봐야 한다는 거죠."

해연의 입가에 가벼운 미소가 걸렸다.

"연애라."

해연은 웃음기 배인 조용한 얼굴로 잠시 생각에 잠긴다 싶더니 입을 열었다.

"소개팅이라도 봐야하나."

해연의 그 진지함에 정신은 황당하다는 듯 얼굴을 구겼다. 맙소사. 요지는 가까이 있다니까.

"생각해볼게요. 그 연애라는 것이 사랑이 될 수 있을지는 모르겠지만 ….."

어딘지 의미심장한 말을 뱉고는 자리에서 일어나는 해연을 정신은 넌지시 바라봤다. 그리고 이내 정신은 깜짝 놀란 듯 자리에서 일어났다. '생각해볼게요.' 평소 직설적인 그녀의 대답과는 조금 다른 주저함. 천천히 발걸음을 옮기던 해연은 어느 사이 자리에서 일어나 우뚝하게 서 있는 정신을 붉게 물든 얼굴로 바라보며 수줍은 듯 망설인다 싶더니 입을 떼어냈다.

"연애는 처음이라서 …. 정신 씨가 날 리드해줘요."

말을 잃은 정신의 넋 나간 얼굴을 바라보던 해연은 조금 빠르게 몸을 돌려 불규칙적인 걸음으로 상담실을 빠져나가려 문을 열었다. 정신은 이제야 정신이 번뜩 들었는지 문을 닫아 나가는 해연을 향해 소리치며 재빨리 걸음을 옮겼다.

"잠, 잠깐만요! 해연 씨!"

상담실을 빠져나온 해연은 대기 중인 환자들을 위해 만들었을 세 개의 나무 테이블을 지나며 슬그머니 번지는 웃음 때문에 한 쪽 팔을 들어 올려 자신의 찬 얼굴을 매만져봤다. 연애는 아직 시작하지도 않았는데 정말, 이렇게나 설레다니. 그때. 복도 한 쪽 구석에 있는 나무 의자에 앉아 음울함이 짙은 얼굴을 하는 남학생이 해연의 눈으로 들어왔다. 해연은 걸음을 멈췄다. 저 모습은, 아주 먼 옛날 언젠가 본 적 있는 슬픔이었다. 슬프고 슬프다 지쳐 더 이상 흐르지 않는 눈물. 눈물이 없는 보이지 않는 울음. 해연은 조용히 홀로 어깨를 축 늘어뜨려 앉아있는 남학생에게로 천천히 다가갔다. 가까이에서 보는 남학생은 멀리서 봤던 남자 아이와는 달랐다. 얼굴과 목, 손. 그리고 교복에 가려 감춰졌을 화상 자국들이 선명하게 해연의 눈으로 들어왔다. 해연은 조용하다 못해 고요한 목소리로 물었다. 하지만 특별한 것 없는 질문을.

"고민이 있어요?"

남학생은 해연의 인기척을 그제야 느꼈는지 고개를 들어 음험한 눈빛으로 해연을 바라봤다. 그리고는 너털웃음을 짓는다. 저렇게 가벼운 웃음을 지을 수 있을까 할 정도로. 그리고는 고개를 까딱하며 입을 떼어냈다.

"왜요?"

남학생의 얼굴에 잔뜩 묻은 경계심이 해연의 다음 말문을 막았다. 그러나 해연은 물러설 생각이 없는 사람처럼 굴었다.

"아주 진한, 고민이 있구나."

굳은 경계심이 가득한 얼굴을 하던 남학생이 웃었다. 그런데 이번에는 기꺼운 웃음이었다. 해연은 넌지시 그의 비웃음을 바라봤다. 여태 그 누구도 들여보내지 않았던 슬픔을. 남학생은 해연의 그 지긋한 시선 때문인지 아니면 정신카페의 고요한 분위기에 이끌려서인지 그도 아니면 어차피 닿지 못할 슬픔이라고 여겼는지. 남학생은 넌지시 뱉어냈다.

"소중한 사람이 없어요."

닫아있던 철문을 연 아이처럼 해연은 범상한 미소를 지었다.

"나도요."

그러면서 자연스레 남학생의 옆 자리에 앉았다. 해연은 평온한 얼굴로 고개를 기울여 앞을 본 채 말해갔다.

"정말 이상해요 …. 어느새 소중한 것들이 무엇이었는지 잊어버렸어요. 마치, 처음부터 없었던 것처럼. 단 한번도 …. 가져본 적 없는 것처럼."

해연은 앞을 보고 있었지만 옆에서 비추는 남학생의 얼굴이 조금 슬픈 표정으로 변하고 있는 것을 볼 수 있었다. 보이는 슬픔은 보이지 않는 슬픔보다야 얼마나 다행인가. 해연은 그렇게 생각했다.

"나는 친구도 없어요. 친해지고 싶은 애도 없어요. 내가 …. 다른 애들과 달라서 그래서 어울리지 못하는 건가 봐요. 정말로…. 너무 많이 달라서."

남학생의 실토하듯 터져 나오는 말을 다 듣고도 해연은 고개를 돌리지 않았다. 그의 슬픔을 마주보면 위로를 하게 될 것 같아서였다. 간혹, 누군가의 마음을 듣고 고개를 끄덕여주는 '위로'란 것이 가끔은 너무나 매정한 외면으로 생각이 될 때가 있었다. 해연은 천천히 고개를 돌려 남학생의 슬픔 젖은 눈을 바라보며 말했다.

"나랑 너처럼 다른 사람들도 별반 다르지 않아."

남학생의 슬픔 젖은 눈빛에 의문의 그림자가 비쳤다.

"다르지 않을까요?"

그때. 재빠르게 상담실에서 나와, 멀리서 해연과 남학생의 대화를 인기척이 없이 듣고 있었던 정신은 가만히 자신을 바라보는 해연의 고요한 얼굴을 쓱 한번 바라보고는 남학생의 옆 빈자리에 자연스레 다가가 자리에 털썩 앉으며 말해갔다.

"소중한 사람이 많지 않은 것은 다른 사람들도 똑같아. 친구가 많다고 그들 모두가 서로에게 소중한 사람은 아니지. 오히려 그저 서로의 존재를 확인시키는 사이가 많아 아주 미미한 것들을 말이야. 그러니까 …. 그들에게도 소중한 사람이 없는 것은 마찬가지야. 네가 달라서 그런 것이 아니야."

남학생은 코를 찡그리더니 말했다.

"서로의 존재를 확인시키는 사이가 왜 소중하지 않아요?"

그의 물음에 정신의 목소리가 고요함을 내새웠다.

"네가 원하는 그런 사이는, 그러니까 소중하다는 건 지키고 있는 약속이라는 말이거든."

어느 사이 남학생은 작은 웃음을 곧잘 지었다.

"보이지 않을 때 뒤에서 깨면 어떻게 되는 데요?"

정신은 맞장구를 치듯 어깨를 으쓱했다.

"그건 느낄 수 있지. 상대가 상처를 주고도, 그 일을 반복하고도 괜찮아하는지 느낄 수 있어."

남학생의 목소리가 조금 커졌다.

"눈치 싸움이네."

정신은 작게 웃었다.

"의심이 드는 순간은 자연스레 찾아오지. 그래도 다시금 그 마음을 알게 돼. 친구."

남학생은 조금 놀란 듯 고개를 돌려 정신을 넌지시 바라봤다.

"친구?"

"소중한 것은 정말 갑자기 다가오지. 나와 너처럼 어느 날 갑자기 만나는 친구가 소중해질 수도 있고. 어느 날 갑자기 시작된 연애가 소중해질 수도 있고."

말을 뱉으며 해연을 살짝 장난스럽게 바라보는 정신을 보고는 해연은 작게 미소 지었다. 정신은 장난스럽던 표정을 풀어 남학생의 슬프게 미소 짓는 얼굴을 바라보며 말했다.

"오늘처럼 늦은 밤에도 좋아. 언제든지 와 줄래? 친구."

남학생은 고개를 낮추며 슬픈 미소를 감추는가 싶더니 다시 조금 진하게 웃어보였다.

"네 ⋯. 친구."

늦은 밤. 정신과 작은 인사 치례를 주고받으며 좁은 골목을 걸어가던 해연은 뒤에서 들려오는 정신의 목소리에 고개를 돌렸다.

"왜 늘 혼자 가요? 위험하게."

해연은 비스듬히 고개를 기울였다.

"인사 했잖아요."

어느새 해연의 앞에 가까이 다다른 정신은 걸음을 멈춰 해연의 표정 없는 얼굴을 바라보며 작게 낮은 숨을 뱉더니 해연의 얼어있는 손을 붙잡아 앞질러 걸어갔다. 해연은 자신의 찬 손을 맞잡은 정신의 큰 손을 바라봤다. 따뜻함. 언젠가 감싸주었던 온기. 좁은 골목길에 가로등 불빛이 길게 뻗은 아스팔트 바닥 위를 드문드문 비췄다. 그 파랗던 새벽달은 남루하게 긴 그림자를 뻗었다. 만월이 시작된 것이다.

"집이 어디에요?"

한 동안 말없던 정신이 물었다. 해연은 멍하니 생각에 잠겼다. 집? 우리 집이 ⋯. 아, 그렇지.

"저기 모퉁이를 돌면 있어요."

얼마 남지 않은 모퉁이를 가리키는 듯 해연의 대수롭지 않은 얼굴을 보며 정신은 놀란 얼굴을 하다가 어느 사이 가라앉은 얼굴을 했다. 그녀의 대수롭지 않음이 정신의 마음 안에 불편함으로 자리 잡고 있었다. 하지만, 이 거리로 봐주지.

"혼자 갈만 했네요."

정신의 무미건조한 말에 해연은 작은 미소를 지었다. 정신은 점차 느려진 해연의 걸음에 맞춰 멈춰 섰다. 검은 색의 높은 철문 앞에 멈춰선 해연은 뒤를 돌아, 자신의 느려진 걸음 때문인지 먼저 멈춰선 정신을 바라보며 말했다.

"조심히 가요."

정신은 해연의 지극히 범상한 인사치레가 이젠 익숙한 듯 고개를 끄덕이는 것으로 답례를 대신했다. 그런데 해연은 지그시 정신의 표정 없는 얼굴을 바라보며 아쉬운 표정을 한다.

"……. 원래."

정신은 의문의 얼굴로 해연의 얼굴을 주시했다.

"연애라는 걸 하면 헤어지기 싫은가 봐요."

해연은 생각에 잠기는 듯 했다. 무언가의 무거움이 만월에 닿았다.

"고마워요 날 좋아해줘서."

해연은 말없이 우두커니 서 있는 정신에게 시선을 떼어내 뒤를 돌아 자신의 집으로 들어갔다. 정신은 해연의 멀어지는 뒷모습을 바라보다 무심코 밤하늘에 뜬 만월에 천천히 시선을 옮겼다. 태양으로부터 빛을 빌려 빛나는 존재. 음험한 빛을 어두운 대지 위로 내뿜는 만월을. 그 슬픈 만월을.

해연은 검은 색의 철문을 닫아 낮게 깔린 돌담길을 지나걷자 곧이어 갈색 문 앞에 다다랐다. 익숙한 손짓으로 미리 꺼내둔 열쇠를 집어 열쇠 구멍에 밀어 넣었다. 문을 열자 기괴한 찬 공기가 해연의 몸을 뒤덮었다. 그러나 해연은 아랑곳하지 않는 듯 신발을 벗어 가지런히 정리하곤 오래되어 재질이 벗겨졌지만 그 품위를 잃지 않은 가구들 사이를 비집고 걸어가 자신의 방으로 들어섰다. 해연은 조금 피곤한 듯 나른해진 몸을 침대 위에 눕혔다. 별 그리고 사랑. 해연은 생각에 잠겼다. 사랑의 관한 비유 서적을 읽어본 적 있었다. "사랑은 나의 무엇을 잃는 것이고, 또 다른 무엇을 내 것으로 만드는 일이다. 누군가의 부재로 인해 나의 많은 것들을 잃는 것이고, 누군가의 부재로 인해 또 다른 것들을 내 것으로 만드는 일이다. 사랑을 할 때에는 쿨 할 수 없지만 멀리서 돌아보면 그렇게나 단조로운 것이다. 그래서 사랑은 그 어떤 드라마보다 극적인 것이다." 해연에게 아직 겪어보지 못한 사랑의 감정이 괜스런 슬픔으로 와 닿았다. 해연은 어느새 흘러내린 눈물을 소매 춤으로 닦아내며 무심코 선반 위에 올려져 있는 액자를 바라봤다. 흉물스럽게 깨져 있는 유리

안에 어린 해연과 그녀의 엄마가 웃으며 나란히 앉아있었다. 그
때. 해연의 머릿속으로 난해하게 엉켜 버린 기억의 장면들이 순
간적으로 쏟아졌다. 쏟아져 버린 장면들은 해연의 머릿속을 비
틀듯 어지럽게 쌓여만 갔다. 해연은 아픈 머리를 두 손으로 감
싸며 누운 몸을 빠르게 일으켜 질끈 눈을 감았다. 해연의 입에
서 들릴 듯 말 듯 한 신음 소리가 흘러나왔다. 만월의 빛은 잠들
어 있는 영혼에게 가장 본질적인 달빛을 쏟아냈다. 마치, 가장
잔인한 만월인 것처럼.

　"……. 엄마?"

　모두가 잠든 밤. 결국 완연하게 푸르른 만월이 하늘을 차지한
밤. 병실 문 앞을 지키고 있던 젊은 남자는 무거운 얼굴을 하며
걸어오는 노년 남자의 등장으로 병실 문 앞을 비켜섰다. 노년
의 남자는 병실 문고리를 잡고 문을 열어 들어섰다. 만월의 빛
이 내뿜어주고 있는 그곳에 잠들어 있는 해연이 있었다. 노년의
남자는 천천히 걸음을 옮겨갔다. 제 엄마가 떠나갔을 때에도 무
슨 이유인지 묻지 않았다. 어리면 당연하게 물어오는 물음들마
저 없었다. 노년 남자는 고개를 기울여 호흡기로 뒤덮인 해연의
얼굴을 뚫어져라 응시했다. 지난날의 장난질이 들통이 나고 말
았다. 그렇게 순식간의 기사 1면을 장식하겠지. 노년 남자는 한
손으로 이마를 짚었다. 해연이 아니라면 해성이다. 그러나 이제

와 잠들어 있는 제 누나의 슬픔을 해성이 들출 리가 없다는 것은 잘 알고 있다. 노년 남자의 서늘해진 눈빛이 해연에게 향했다. 어쩌면 쓰러지기 전에 이미 작정한 것일 수도 있었다. 거짓을 거짓으로 날려버리려 미리 준비해놓은 것일 수도 있다.

"너라면 가능한 일이지."

노년의 남자의 입에서 기이한 목소리가 흘러나왔다. 그것이 남자의 목소리인지 누구의 목소리인지는 모른다. 알아차리기엔 때를 놓쳤다. 노년 남자는 미묘하게 떨고 있는 큰 손을 들어올렸다. 남자의 두 눈은 해연의 얼굴을 뒤덮고 있는 산소 호흡기로 향해있었다. 네가 깨어난다면 골치 아프겠지. 너만이 알고 있어야할 진실을 이제와 터트리는 저의가 뭐야. 달빛의 검게 그늘진 노년 남자의 손이 점점 해연의 얼굴에 붙어있는 호흡기로 향했다. 해연의 얼굴로 뻗어가는 손이 덜덜 떨고 있었다. 그런데 그 순간을 잡아먹듯 그보다 더 짙은 어둠이 남자를 찾았다. 어둠은 늘 그랬듯이 뻣뻣한 고개를 내민다. 그것의 대가리는 이미 어둠을 넘어섰다. 남자는 어느 사이 떨림을 멈춘 손을 느릿하게 내려놓았다. 그리고는 이질적으로 기이한 목소리를 중얼거렸다. 어린아이의 것이기도 했다. 여자의 것이기도 했다. 남자의 것이기도 했다. 정확히 말하자면, 그랬다. 그것은 노년 남자의 목소리가 아니었다.

"네 죽음을 신께 빌 거야."

5장. 일요일에 만난 여자

비극은, 지극히 평범한 일상의 어느 날 갑자기 예고 없이
틀어지는 광고 한 편으로 다가온다.
그래야 더 비극적이니까.

앞이 보이지 않는 길을 걷는다. 그래, 나는 걷고 있었다. 암흑
만이 전부인 곳을 거친 숨소리만을 내뱉는 채로 쫓기듯 해연은
걷고 있었다. 황량한 벌판이 아니었다. 이곳은 사람의 손길이
닿지 않은지 이미 오래된 암전된 거리 같았다. 그러나 소름끼
치게 피부에 와 닿는 확연한 사실은 인간의 길이 아닐 것이라는
직감이었다. 해연의 깊은 숨소리가 더욱 거칠어졌다. 어둠이 몰
려오고 있었다. 짙은 암전보다 두려운 것은 곧 들이닥칠 어둠이
다. 더 어두워질 것이다. 더한 암흑이 침묵의 속도처럼 나를 쫓
고 있었다. 해연은 점차 빠르게 뛰어나갔다. 온다. 온다. 그것이

온다. 더 빨리 달려가야 한다. 더 빠르게 밟고 나아가야한다. 해연은 터질 것 같은 숨을 억누르며 달려갔다. 폐부의 곧 찢어질 것 같은 통증을 뒤로하고 벅찬 숨을 내뱉으며 달려갔다. 그러자 먼 곳에서 희미한 불빛이 해연의 두 눈에 닿았다. 해연은 이윽고 알아차릴 수 있었다. 문이었다. 희미한 불빛이 뚜렷한 형태를 나타내지는 않았지만 알 수 있었다. 저것은 문이다. 문틈 밖으로 구원의 빛이 드리우는 것이다. 소름끼치는 이 암흑 속에서 벗어날 수 있다. 해연은 이젠 폐부의 고통도 느껴지질 않는지 벅차게 달려갔다. 어느 사이 가까워진 빛은 그 형태가 더 뚜렷하게 해연의 눈에 닿았다. 정말 문이었다. 드디어 이곳에서 벗어날 수 있었다. 해연의 작게 터지는 숨이 반가움을 일깨우 듯 조금 열린 입으로 새어나왔다. 해연은 탄력이라도 받은 듯 더 세차게 두 다리에 힘을 주었다. 곧이어 완연한 형태의 빛에 다다랐다. 디귿자 형태의 문이었다. 해연은 가빠른 숨을 내뱉으며 황급히 문을 밀어 열었다. 그러나 해연의 걸음은 점차 느려지고 더 이상 아무런 미동조차 없었다. 구원의 빛을 내뿜어주던 곳은 밝음이 아니었다. 이곳은 밝음이 아니었다. 더한 어둠과 더한 암흑이 부딪혀서 생겨난 밝음이었을 뿐이었다. 해연은 검은 바닥에 힘을 잃은 듯 털썩 주저앉았다. 한 가닥의 희망마저 무너져 내림으로 오는 공포를 당신도 알고 있지 않은가. 그것은 공포 그 이상의 것으로 닥쳐오는 것을 당신도 알고 있을 터. 해연은 벌벌 떨리는 몸을 낮은 자세로 움츠려 앉았다. 이젠 까마득한 적막 속에서 해연의 깊은 숨소리마저 소리를 감췄다. 해연은 두 무릎 사이로 파르르 떨고 있는 얼굴을 파묻었다. [두려워하지 마.] 해연은 자신과 그리 멀지 않은 곳에서 들려오는 목소리에 더 깊이 고개를 파묻으면서 떨리는 목소리로 물었다. [누구세요?] 해연은 두 팔을 꽉 쥐며 절대 무슨 일이 있어도 고개를 들지 않을 것이라고 자신에게 계속 속삭였다. [어둠 속에 공포가 있는 것이 아니야. 공포는 너의 마음 안에 있어.] 해연은 꼼짝하지 않았다. 어떠한 물음을 묻지도 않았다. [네 안의 밝음을 이끌어 내봐.] 해연은 칠흑같이 어두운 암흑 속에서 들려오는 다정한 목소리를 믿지 말아야 한다고 속삭였다. 희망의 빛이 얼마나 어두웠는지 끝내 알았던 순간을 잊지 말아야 한다고 속삭였다. [그렇다면 너도 알고 있지 않아? 때론 보이는 것이 전부가 아니라는 걸.] 해연은 두 귀를 틀어막았다. 그러나 질끈 감고 있던 해연의 눈이 스르르 힘을 풀며 점차 차분해졌다. 내 마음을 읽었어? [어서 해 봐. 네 안에서 가장 밝았던 순간을 이끌어 내봐.] 해연은 더 이상 어둠 속에서 들려오는 다정한 목소리가 이질적이게 들리지 않는다고 생각했다. 아니, 이질적으로 듣지 않는 것이다. 해연은 거짓말처럼 강력한 마력에 빠진 인간이라도 되는 듯 깊게 숨을 들이마시고 다시 길게 숨을 내뱉었다. 저 먼 기억 상자 속에서 가장 밝게 빛나고 있는 기억을 집어 꺼내들었다. 그리고는 차분히 말해갔다. [나는 매일 아침 9시에 일어났어요. 그날은 소나기가 길었어요. 네. 긴 소나기 말이에 요. 아침 7시면 가장 먼저 집을 나가는 아빠가 신발장에 붙어있 는 거울 밑에 우산을 빼놓고 집을 나갔을 정도로 긴 소나기였어 요. 아빠는 아침에 일기예보를 확인하는 것을 좋아했고 또 나를 위해 우산을 빼놓고 나가는 일은 드물었죠. 신발장에 붙어있는 거울 밑에 놓인 파란 우산을 발견하고 난 즐거움에 양치하는 일 도 잊어버렸어요. 마치, 어떠한 일이 다가올 것만 같았거든요. 나는 주저 없이 파란 우산을 들고 현관문을 열어 밖으로 나왔어 요. 떨어지는 빗방울들이 나의 몸에 닿는 것보다 더 즐거웠던 것은 아스팔트 바닥에 이제 막 떨어진 빗물이 흥건하게 고여 내 발등 위를 올라오려고 간지럽히는, 맞아요, 우스꽝스런 느낌이 너무나도 좋았어요. 그 흥건한 빗물을 맨 발로 밟고 있을 때의 그 청량감은 과학은 줄 수 없는 느낌을 단 번에 줬어요. 두 발을 빗물이 고인 바닥에서 떼어내지 못하고 발등으로 계속해서 떨 어지는 빗방울들을 지켜보고 있을 수밖에 없었죠.] 어느 사이 해연은 단단했던 긴장을 풀어 작게 미소 짓고 있었다. 그러나 두 눈은 여전히 감은 채로 말이다. [넌 너의 가장 밝음을 제대로 기억하지 않아.] 해연은 조금 시무룩한 목소리로 답했다. [가장 밝은 순간이에요. 당신은 누군가의 밝음을 함부로 정의하는군 요.] 해연은 그렇게 답하곤 조금 더 편안한 얼굴을 했다. [우산.]

해연은 두 눈을 감은 채로 고개를 들었다. [네?] 다정한 목소리는 어느 사이 조금 더 가까이 다가와 있었다. [네가 집에서 들고 나온 그 파란 우산은 어디 있지?] 해연은 말문이 막혔다. 집 밖을 나왔을 때의 파란 우산은 도저히 기억나지 않는 것이었다. [누구한테 주었지?] 해연은 고개를 기울였다. 누가, 거기 있었어? 해연은 두 무릎 사이로 다시 고개를 파묻었다. 잃어버린 기억의 대한 회의감 때문이 아니었다. 대단히 중요한 사실을 잃어버린 기분이었다. 해연은 순간적으로 피식 웃어버렸다. 요즘 들어서 이상한 일들이 많이 일어나고 있었다. 잃어버린 기억까지 그리고 이곳까지. 놀랍도록 이상했던 그를 만난 후, 정신을 만난 후 ….

정신?

[그래. 너는 그 소년을 기억하지 않지. 고로, 너의 가장 밝음을 기억하지 않아.]

겨울이 끝나고 어느새 봄을 맞이하는 대백병원. 아침 일찍 해성은 해연이 잠들어 있는 병실로 향하는 중이었다. 인상을 찌푸리며 더군다나 식은땀까지 흘려가며 꾼 해연이 등장했던 오늘 밤 꿈이 예사롭지 않았던 것이다. 해성은 분주한 몸짓으로 복도를 통과했다.

"형!"

사색이 되어 거친 몸을 이끌고 빠른 걸음을 내딛던 해성은 자신의 뒤에서 들려오는 경진의 목소리를 들은 채도 안하며 걸음을 부추겼다. 하지만 몇 분이 채 안되어 경진의 제지로 해성은 뒤를 돌았다. 그가 해성의 어깨를 돌린 것.

"얘기 좀 해요."

경진의 얼굴색도 그리 좋지 않은 편이었다. 무엇보다 해성의 얼굴이 문제였다.

"안 놔?"

해성의 금방이라도 살의를 일으킬 것 같은 얼굴을 보며, 경진은 침착하게 대응했다.

"다른 말 아니야. 해연 씨 …. 상태가 …. 많이 안 좋아요."

해성은 살짝 뒷걸음질 쳤다. 경진은 무거운 기류 속에서 두 손으로 마른 얼굴을 매만진다.

"형이 직접 봐야 …."

경진의 말이 끝나기가 무섭게 해성은 굳은 얼굴로 소리 나게 뒤를 돌아 해연의 병실로 빠른 발걸음을 옮긴다. 경진은 해성의 불안함이 가득한 발걸음을 바라보며 그의 뒤를 따랐다.

해성의 조금 거친 손길로 병실 문이 열렸다. 변할 것 없는 병실 안은 다만 전보다 더 숨이 죽어있었다. 마치 아무도 없는 것처럼. 해성은 병실 내부 안에서 흘러나오는 기류를 느꼈는지 빠른 걸음으로 창가에 다가가 조그마한 분무기를 집어 들고는 이름 모를 꽃이 심어져있는 화분에 물을 준다. 뒤 늦게 병실 안으로 해성을 뒤따라서 들어온 경진은 깊은 잠에 빠져있는 해연에게로 걸어갔다. 해연의 생기 없는 창백한 얼굴을 들여다보곤 경진은 뒤를 돌아 머리통을 부여잡았다.

"설명해봐."

미친 사람처럼 화분에 물을 뿌리다가 결국은 해연의 몰골을 넌지시 바라보던 해성이 경진의 축 가라앉은 뒷모습을 향해 내뱉었다. 경진은 질끈 눈을 감았다.

"Vegetable state(식물인간)로 갔어요. Bain …. 뇌사까지 갈 겁니다."

넋을 놓은 채 말을 뱉던 경진의 목덜미가 해성의 두 손에 잡혔다. 순식간으로 숨 죽여 강한 힘으로 경진의 멱살을 잡은 해성은 낮게 더 낮게 뱉어냈다.

"브레인이 뭐?"

경진은 고개 숙인 채로 어금니를 물었다.

"준비를 해야 합니 …."

해성이 날린 주먹으로 바닥으로 내팽개쳐진 경진은 낮은 신음을 흘리며 입안에 고인 핏물을 꿀꺽 삼키고는 자리에서 천천히 몸을 일으켰다. 해성은 바닥에 널브러져 이제 막 몸을 일으키는 경진에게 차가운 시선을 떨어트리고는 말했다.

"준비 같은 소리 하지 말고 깨어나길 빌어."

"전해성!"

경진은 정말 화가 난 얼굴이었다. 적어도 그녀를 위해서.

"7주 째 코마에 어제 새벽 Vegetable state 넘어 갔어. 저기 브레인 워브 봐! 적어도 내가 너라면 누워있는 그녀를 위해 기도를 하겠어!"

해성의 살기 어린 눈가가 길게 늘어졌다.

"……. 기도를 해?"

경진은 더 이상의 말문을 멈췄다. 표정 없던 해성이 웃기 시작한 것이었다.

"난 말이야 …. 내가 적어도 너라면 이 병원에 발그림자도 안 들였어 왜냐하면 …."

어느 사이 해성은 소리 없이 경진의 곁으로 가까이 다가와 굳어있는 경진의 얼굴에 측은한 시선을 떨어트린다.

"쪽팔릴 것 같은데? 없이 자란 새끼는 …."

"뭐?"

그 좋던 인상마저 구겨가며 경진은 눈썹 사이를 좁힌다. 그 모습이 이렇게나 기쁠 수가 없었다. 해성은 쏟아져 나올 것 같은 웃음을 겨우 참아내며 말을 이었다.

"걱정 마 쫓아내진 않을 테니까."

경진은 참다못해 해성의 냉소 머금은 얼굴에 망설임 없이 주먹을 내리꽂았다. 바닥으로 나가 떨어져버린 해성의 얼굴에는 전보다 더 진한 웃음이 깔려 있었다. 경진은 더러운 말을 내뱉듯 한 자 한 자 던져냈다.

"해연 씨가 깨어나지 않는다면 그 건 다 너 때문이야 이 역겨운 자식아."

경진은 질린 얼굴을 하며 차갑고도 빠른 걸음으로 병실을 빠져나갔다. 해성은 비스듬히 기운 고개를 바로하며 천천히 늘어진 몸을 일으켜 자리에 앉았다. 해성은 겨울이 지나 봄이 올 것이라 말하고 있는 창가 너머의 햇살을 바라보다가 스르르 고개를 돌려 깊은 잠에 빠져있는 해연에게로 시선을 옮겼다. 봄의 햇살은 참으로 이상하다. 곧 죽을 봄은 해연의 깊게 감겨 있는 두 눈 위를 무방하게 내려앉으니까. 아무런 일도 없을 것처럼 말이다.

정신카페의 오전은 여느 때처럼 평온했다. 참, 그에게도 평온이 찾아든 것은 아주 오랜만의 일이었다. 정신은 앉은 자리에서 책상 위에 놓여 있는 환자 목록 차트를 살폈다. 만약, 오늘 해연이 찾아올 것을 대비하려면 상담을 일찍 마쳐야하는데. 정신은 그렇게 생각하고는 방금 자신이 한 생각이 이젠 놀랍지도 않은지 피식 웃어버렸다.

"정 선생님?"

상담실 문에 감정을 실어 노크하던 여자가 못 참겠는지 덜컥 문을 열며 정신을 불렀다. 정신은 웃음기가 남아있는 얼굴로 고개를 들었다.

"네 무슨 일이에요?"

여자는 어금니를 악물었다. 불러도 답 없던 너는 항상 무슨 일이 있던 거니 대체!

그러나 여자는 지르는 것을 대신해 깨끗한 미소를 지었다.

"여학생이 선생님을 찾아요. 아, 그리고 환자로 보이지는 않는 분이 또 찾네요."

"환자로 보이지는 않는 분?"

의문의 얼굴인 정신을 향해 여자는 또 한 번 미소 지었다.

"그럼 누구부터 진료 들어갈까요?"

"학생 먼저 들어오라고 해줘요."

말을 뱉고는 책상 위에 차트를 정리하는 정신을 바라보곤 여자는 미소 그린 입가를 싹 지우며 문을 닫았다. "저 재수 대가리 저거." 여자는 그렇게 중얼 거리며 나무 의자에 앉아 있는 여학생에게 다가갔다.

"학생? 저기 상담실에 들어가면 돼요."

여학생은 천천히 허공에서 시선을 떼어내 고개를 들어 여자에게 살짝 얼굴을 숙여보이고는 자리에서 일어나는 것을 대신해 가만히 상담실 문을 바라본다. 여자는 이상한 듯 물었다.

"왜?"

여학생은 상담실 문에서 한참을 시선을 떼어내지 않는다. 여자는 다시 한 번 자신의 말을 씹은 인간은 환자라고 생각하며 물었다.

"무슨 일 있는 거니? 지금 상담하기 어렵다거나 …."

"저 아줌마 먼저 들어가라고 해요. 난 전해줄 말이 있을 뿐이니까."

여자는 황당한 얼굴을 점점 기울이며 그대로 상담실까지 걸어가 문을 덜컥 열었다. 인기척에 고개를 들어 무표정으로 자신을 바라보는 정신의 무덤덤한 얼굴을 마주한 여자는 단호한 어투로 말했다.

"선생님 저 먼저 퇴근 할게요 이러다 제가 환자 되겠어요!"

정신은 무미건조한 얼굴로 고개를 기울이며 이내 서랍에서 환자 목록 차트를 꺼내 조금 살펴본다 싶더니 고개를 끄덕이며 말한다.

"그러세요."

여자는 해괴한 표정을 감추지 못했다. 그래도 일단 문을 닫아야했다. 여자는 그렇게 자신을 다독이곤 상담실 문을 닫았다. 면전 앞에서 욕이라도 튀어나왔다가는 내 목줄만 끊긴다. 여자는 솟구치는 서러움에 낮은 한숨을 내쉬고는 고개를 들어 환자로 보이지는 않았던 여자를 찾았다.

"……. 어?"

여자가 없었다.

정신은 상담실 창가 너머에 낮은 시선을 둔 채 평소 잘 꺼내 들지 않았던 얼굴을 하며 생각 중이었다. 그녀와의 몇 개의 지난밤들의 대해서.

"날이 좋아."

정신은 뜬금없이 들려오는 다정한 목소리에 고개를 돌려 기괴한 분위기를 풍기는 여자를 바라봤다. 문이 열리는 소리는 듣지 못했다. 정신은 조금 이상히 여겼지만 내색하지 않았다.

"예 이쪽에 앉으세요."

여자의 차림새는 지극히 평범했다. 그런데 이 느낌은 뭐지?

"영혼과 영혼 사이에는 거리가 없어."

어느 사이 정신의 앞에 가까이 다가온 여자가 재차 말을 이었다.

"당신도 알고 있어?"

정신의 입이 닫아졌다. 파악할 수 없는 인간은 없었다. 그런데 파악 불가능. 여자는 지극히 평범하게 굳이 집는다면 너무나 조용하게 그러니까 지켜보지 않는다면 인기척을 모를 정도로, 자리에 앉아 정신을 직면했다. 느낌이 그랬다. 마주보는 것이 아닌 직면하는 것.

"당신도 알거야, 그렇지?"

정신은 무표정으로 잠시 허공에 시선을 두었다. 드러내면 안 된다. 이것이 첫 번째 파악이었다.

"보통"

정신은 여자에게 다시 시선을 두었다.

"상담에는 절차가 있어요. 꺼내기 어렵더라도 육하원칙으로 이야기해줘야 합니다."

정신의 무표정을 직면하고 있던 여자는 스르르 고개를 돌려 상담실 창가 너머에 시선을 던진다. 그리고는 이내 다시 정신을 마주본다. 이번에는 마주보는 것이었다.

"육하원칙으로 설명 할 수 없잖아?"

정신의 무표정이 약간 흔들리기 시작했다. 공중에 떠 있는 것 같았다. 이를테면 무언가의 두려움이었다. 정신은 살짝 얼굴을 숙였다가 다시 표정을 제자리에 찾고는 고개를 들었다. 여자는 어느 사이 일어나 있었다.

"당신도 그녀와 같은 영혼이지."

여자의 얼굴에 무언가의 감정이 올라와 있었다. 정신은 무언가의 질린 사람처럼 그러니까 이를테면 겁이던지 그러나 놓치지 않고 여자를 주시했다. 여자가 다시 입을 열었다.

"비가 오는 날을 좋아했어, 당신도."

정신은 상담실 문을 열어 나가는 여자를 지켜보며 문이 닫힐 때까지 숨을 죽였다. 두 번째의 파악은 여자가 그러니까 방금 저 여자가 인간이 아닐 것이라는 판단이 섰다.

상담실에서 급하게 빠져나온 정신은 재빨리 다용도실로 들어가 주섬주섬 빠른 손짓으로 찬 물을 벌컥 들이켰다. 여름도 아니고 봄이었다. 그런데 매 순간이 더웠다.

'육하원칙으로 설명 할 수 없잖아?'

생각을 꽤 뚫어보던 그 여자 아니 단계를 더 넘어섰던 여자.

'그리고 두 번째의 판단.' 정신은 순간적으로 너털웃음을 그렸다. 귀신이던지 이를테면 제 5세계의 존재를 믿는 건 정신과는 거리가 멀었다. 그런데 매 순간 어둠이 두려웠다.

"……. 친구!"

정신은 소리 나게 뒤를 돌았다. 해연과 나란히 앉아 대화를 나눴었던 남학생이었다.

"아. 선생님이라고 불러도 …. 못 듣는 것 같아가지고 …. 그러니까 …."

정신은 식은땀을 대충 닦아내며, 남학생을 향해 고개를 자욱거렸다.

"편하게 불러."

남학생의 조금 상기되어있던 얼굴이 정신의 무미건조한 반응에 조용히 늘어지고 있었다. 정신은 하는 수 없다는 듯이 앞장서 걸으며 말했다.

"네 얘기를 들어보고 싶어 상담실로 와."

정신은 상담실 문을 열어, 자신을 뒤따라서 들어오는 남학생에게 자리를 안내했다. 남학생은 정신의 가벼운 손짓에 조용히 상담실 의자에 앉는다. 정신은 자연스레 자리에 앉아, 얼굴에도 선명한 화상 자국을 가진 남학생을 보며 가벼운 어투로 말했다.

"편안하게 얘기해."

남학생은 조용한 눈으로 미리 준비한 듯 투박하게 말했다.

"그냥 말 한다고 달라질 건 없으니까 네 …. 그렇게 생각하면서도, 네 …."

정신은 고개를 기울인다.

"말 안 해도 네 마음은 달라지지 않겠지 지금처럼."

남학생은 헛헛하게 웃었다. 그러나 정신은 가만히 바라볼 뿐 아무런 제스처를 취하지 않았다.

"제가 무슨 일을 겪었는지 보다 앞으로 어떻게 생각할지가 고민이에요. 어차피 그 사람들은 내게 줬던 상처를 잊고 살아가겠죠."

정신의 얼굴에 조금 옅은 그늘이 깔렸다.

"종교 있니?"

남학생은 금세 조용히 고개를 젓는다.

"아니요."

정신은 만족스럽다는 듯 고개를 끄덕였다.

"그렇다면 내가 지금부터 꺼내는 얘기가 수월하겠구나."

남학생은 의문의 얼굴로 정신을 바라봤다. 정신은 부드럽게 말을 띄웠다.

"죄를 범하는 일은 인간의 일이다 그러나 죄를 정당화시키는 일은 악마의 일이다."

잠시 말을 멈춘 정신은 남학생의 얼굴을 똑바로 바라봤다.

"그 사람들은 악마일까?"

남학생은 천천히 슬픈 얼굴로 아주 작게 고개를 젓는다. 정신은 시선을 떼어내지 않은 채 말을 이었다.

"그러면 다시 한 번 물어볼게. 너는 누군가에게 상처를 준 일이 없을까?"

남학생은 고개를 젓는다. 그 모습을 확인한 정신은 냉철했던 표정을 풀었다.

"누군가에게 상처를 주는 일이 죄인 건 준 사람의 아픔과 받은 사람의 아픔이 차원이 다르기 때문이야. 너도 잘 알거라고 생각한다."

남학생은 고개를 끄덕였다. 정신은 말을 이었다.

"그러면 어떻게 생각하면 될까?"

남학생은 잠시 고민의 빠진 얼굴이었다. 그러더니 입을 연다.

"상처를 주지 않으면 되죠."

정신의 고개가 다시 살짝 기울어졌다.

"이를테면 네가 좋아하는 사람과 함께 있는데 네가 좋아하는 사람이 사랑하는 남자를 너만 본 거야. 그런데 넌 말을 하지 않앉어. 굉장히 정직을 필요로 하는 문제인데."

"그런 짓 안 해요. 전 …. 제가 좋아하는 사람에게 상처 주는 짓 따윈 안 해요."

정신의 말을 끊은 남학생의 얼굴은 무언가의 있어 화난 얼굴이었다. 정신은 부드러운 미소를 지었다.

"과연 그럴까?"

곧이어 남학생은 무언가를 들킨 소년처럼 금방 고개를 낮췄다. 그리고는 조금 떨리는 목소리로 고개 숙인 채 말해 갔다.

"난 정직하지 않아요."

스르르 무거운 얼굴을 들어 올린 남학생의 얼굴에는 긴 눈물이 그려있었다. 남학생은 울음 섞인 목소리로 물었다.

"내가 문제가 있을까요? 나는 내 생각밖에 하지 않는 걸까요? 난 …."

정신의 냉철한 시선은 점점 측은한 기운을 타고 홀로 어깨를 늘어뜨린 채 앉아 있는 소년에게 닿았다. 정신은 가만히 남학생의 얼굴을 들여다보더니 말없이 자리에서 일어나 남학생의 곁으로 걸어갔다. 그리고는 천천히 아주 느릿하게 남학생을 껴안으며 말했다.

"그래, 알면 되는 거야."

정신은 남학생의 흐느끼고 있는 어깨 위로 깊은 숨을 내쉬었다. 그런데 가라앉은 얼굴을 하던 정신의 얼굴이 약간 굳어졌다. 온기가 없었다. 보통 눈물을 쏟으면 체온이 올라가지 않는가. 정신은 느릿하게 남학생의 곁에서 떨어지면서 말했다.

"따뜻한 물이 필요한 것 같구나."

정신은 나긋하게 말은 뱉고는 상담실에서 빠져 나와, 다용도실에 항상 준비 되어 있는 뜨거운 물을 무늬 없는 컵에 따르며 잠시 생각에 잠겼다. 온기가 없었어. 테이블에 놓은 무늬 없는 컵을 든 채로 자리를 벗어나던 정신은 넋이 나간 얼굴로 걸음을 옮겨가고 얼마 후 약간의 질린 얼굴을 한 채 상담실 문을 열었다. 남학생이 앉아있던 자리에 여학생이 있었다. 정신은 이상함을 감추지 못하며 천천히 발걸음을 옮겨, 책상 위에 뜨거운 물이 담긴 컵을 내려놓고는 말없이 조용하게 앉아있는 여학생에게 물었다.

"먼저 앉아있던 남학생 어디 갔어요?"

여학생은 새침한 표정을 짓는다.

"……. 아무도 없었는데?"

그 순간 기다렸다는 듯이 정신의 귀 뒤에서 차디찬 냉기가 몰려왔다. 한 동안 진 빠진 사람처럼 서 있던 정신은 무언가의 홀린 듯 재빠르게 상담실을 빠져나갔다. 위태롭게 상담실을 빠져나와, 무료한 표정으로 데스크 앞을 여전히 지키고 서 있는 여자에게 정신은 서두르라는 듯 손짓하며 말했다.

"지난 주 일요일 환자 목록 차트 줘요."

여자는 조금 놀란 얼굴을 하며 순순히 서랍을 열어 정리되어 있는 환자 목록 차트를 조금 빠르게 뒤적거렸다. 그리곤 서랍에서 맨 손을 꺼내 들고는 말했다.

"일요일 예약 차트는 없어요."

"그럴 리가."

안되겠는지 직접 비좁은 서랍 안을 분주한 손길로 뒤적이는 정신을 보고는 여자는 처음으로 약간 겁내하며 말을 이었다.

"……. 원래 일요일에는 진료 안 보시잖아요?"

정신은 무언가의 미친 사람처럼 정신없이 뒤적이던 손길을 멈춰 고개를 들고는 여자의 불안한 얼굴을 바라보며 말했다.

"일요일에 당신이 없었다면 어떻게 들어온 거지?"

"네?"

그랬다. 남학생을 처음 본 날. 그날 닫혀있는 문에도 불구하고 진료가 없었음에도 불구하고 상담실로 자연스레 먼저 찾아온 해연이 있었다.

6장. 파란 우산의 기억

가장 밝음. 별빛과 바람이 만나는 순간.

소녀는 싱그러운 표정을 지으며 파란 우산을 들고는 열고 나온 문을 닫았다. 추적추적 내리는 봄비가 마음에 들어 얼른 맨발을 빗물이 고여 있는 곳에 두고는 비를 맞았다. 소녀는 고개를 숙여 발등으로 떨어지는 빗방울들을 지켜봤다. 하느님도 고민이 있으실까? 그래서 이렇게나 많은 눈물을 흘리시는 걸까?

"여자애가."

소녀는 놀래 고개를 휙 들어올렸다. 정확한 문장은 듣지 못했지만 자신을 가리키며 하는 말이라는 것은 알 수 있었다. 게다가 여긴 우리 집이었다.

"너 어떻게 들어왔니?"

소녀는 조금 몸을 움츠린 채 자신과 다를 바 없이 온 몸으로 비를 맞아 흠뻑 젖어있는 소년을 바라보며 말했다. 그런데 다른 점이 있었다. 내리는 비를 대단히 오랜 시간 맞았을 것처럼 보였다. 그리고 우산이 없었다. 소녀는 자신의 물음에 답하지 않는 소년을 넌지시 바라보다가 천천히 소년에게 걸어가 파란 우산을 내밀었다.

"난 집에 많아."

소년은 소녀가 내민 파란 우산을 넌지시 바라보며 표정 없는 얼굴로 말한다.

"우리 집에도 많아."

소녀는 고개를 기울였다. 그러더니 접혀있는 파란 우산을 천천히 편다. 소년은 조금 의아한 눈으로 자신과 나란히 우산을 쓰고 있는 소녀를 바라봤다. 그리고는 다시 고개를 돌려 떨어지는 봄비에게 흐릿한 시선을 두었다. 소년과 소녀는 한참 동안이나 말이 없었다. 그러나 서로의 자리를 지키면서.

"생각을 해도 끝이 없는 고민이 있는데."

고요한 침묵을 먼저 깬 소녀는 천천히 고개를 돌려 소년의 얼굴을 바라보면서 말을 이었다. 지금의 순간이 마법 같은 것도 잊어버린 채.

"너도 그래?"

소년의 표정 없던 얼굴이 바뀌어져 있었다. 그렇지만 소녀는 그것이 무슨 표정인지는 알 수 없었다. 그냥 어떠한 물음표가 그려진 것도 같았다. 희미한 물음표 말이다.

소년은 넌지시 말한다.

"생각이 많을 필요가 없잖아. 고민은 답을 주지 않아."

소녀는 천천히 소년의 얼굴에 시선을 고정시켰다.

그 봄날 소녀는 세상에 태어나 처음으로 별빛에 닿았다.

정신이라는 소년을 만난 뒤 소녀는 전보다 더 책을 읽는 시간이 많아지고 있었다. 마당 계단에 앉아 있는 소녀는 어제 읽은 책 때문인지 깊은 생각에 빠져있는 중이었다.

인간은 상대적이다. 인간은 이기적인 동물이다. 온갖 인간의 대한 질타와 문제점들이 가득했던 책. 그렇다면 그 책을 쓴 인간은 어떻게 생각하면 좋을지 생각 중이었다. 그러다가 금방 고개를 낮춰 조금 어두운 얼굴을 했다. 그 얼굴은 어느 날 문득이면 그려지는 얼굴이었다. 그것은 아무도 보지 못한 슬픔이었다. 그것은 죄책감이었다. 그 어린 날 제 손으로 죽은 고양이를 땅속에 파묻던 소녀의 얼굴이었다.

"뭐해?"

파란 우산을 같이 쓴 이후로 자꾸 소녀의 집 마당으로 들어오는 것이 어쩐지 자연스러운 소년이었다. 소녀는 고개를 조금 내밀었다.

"너야말로 여기서 뭐 하려고?"

소녀의 날선 물음 때문인지 소년의 얼굴은 조금 슬퍼보였다.

"……. 그럼 갈까?"

소년의 조금 슬픈 얼굴에 소녀는 금세 조용한 얼굴로 고개를 저었다. 소년은 굉장히 마음에 들었다는 표정이었다. 소녀는 그 얼굴을 바라보면서 넌지시 털어놨다.

"나는 지옥에 갈 것 같아."

소년은 큰 눈을 했다.

"왜?"

소녀는 말이 없었다. 그리고는 고개를 들어 흐린 하늘을 바라봤다.

"회색빛 하늘에 털어놓는다고 해도 돌아갈 수 없는 죄를 지었어."

흐린 하늘에 시선을 던지며 말하는 소녀의 조용한 얼굴을 넌지시 바라보다가 소년은 말을 꺼냈다.

"말하고 싶지 않으면 하지 마."

소녀는 흐린 하늘에 시선을 거두고 자신을 넌지시 바라보는 소년을 마주했다. 그리고는 먹먹한 표정을 짓는다. 소녀는 고작 열다섯 살이었다.

"비밀이 있어."

소녀는 그렇게 말하곤 조그마한 손짓으로 소년에게 가까이 오라고 손을 젓는다. 소녀는 소년이 아무런 거리낌 없이 다가왔을 때 순간 빠르게 소년에게 다가가 귓속말로 속삭였다.

"고양이를 죽였어."

그리고는 다시 제자리를 찾아가 소녀는 흐린 하늘을 올려다봤다. 소녀는 지금쯤 자신에게 온갖 회의감을 갖고 있을 소년이 그려졌다. 그래서 눈을 감아 주기로 했다. 떠나가는 것을 직접 보고 싶지는 않았다. 소녀는 한 동안이나 두 눈을 꼭 감고 있었다. 소녀의 곁으로 바람이 불어왔다. 세차지도 그렇다고 약하지도 않은 바람이었다. 소녀는 스르르 두 눈을 떴다. 소녀는 굳이 고개를 돌려보지 않고도 알아차릴 수 있었다. 소년이 곁에 있다는 걸.

"괜찮아."

소년은 아무런 표정을 짓지 않는 소녀를 바라보며 재차 말을 이었다.

"네가 그런 짓을 했다고 해도 우리는 어차피 흘러가는 인연인 걸?"

소녀는 고개를 돌려 소년의 특별할 것 없는 표정을 바라보며 중얼거렸다.

"흘러간다라."

소년은 작게 미소 짓는다. 그리고는 조금 머뭇거리더니 입을 떼어냈다.

"모든 것들은 흘러가니까 …. 인간은 원래 이기적인 동물이니까 …. 그러니까."

소녀는 의문을 가진 채 소년을 바라봤다. 소년은 말을 이었다.

"어려워할 거 없다는 얘기야."

소녀는 고요한 눈으로 한참 동안 소년의 깊은 눈을 바라보다가 소년에게 시선을 떼어내며 생각했다. 무소유, 그것은 사실 위험한데. 외롭고. 소녀는 소년의 대해 더 알고 싶어졌다. 바람이 느슨하게 불어오고 있었다. 그리고 몇 번의 바람이 더 지나갔을 때 어느 사이 소년과 소녀는 서로의 이야기를 꺼내기 시작했다. 소녀는 너무 즐거워 크게 웃기도 하고 너무 슬퍼 눈물을 훔치기도 하고 소년은 늘 그렇게 살아왔던 사람처럼 따뜻한 기운으로 소녀를 품어줬다. 소녀는 이윽고 알 수 있었다. 소년의 마음에는 이미 어른 옷을 입은 아이가 있다는 것을. 그 아이는 제대로 자라지도 않은 채 어른 옷을 입었다는 것을. 절대적인 무소유는 여자의 대한 것이라는 것을. 소녀는 그래도 작게 미소지었다. 비밀을 듣고도 도망가지 않았던 것에 대해 크게 고맙게 느껴지지 않았던 이유가 여기 있었구나. 소녀는 조금 후회했지만 크게 걱정하지 않았다. '어차피 흘러가니까.' 소녀는 다시금 조용히 웃었다.

그 흐림의 이후. 소년과 소녀의 만남이 잦아지고 있을 무렵이었다. 그날도 소나기가 많이 내리는 오전이었다. 그래서 전과는 비교도 할 수 없을 만큼 흐렸다.

"이렇게 내리는 비를 맞고 있으면 넌 어때? 기분이."

비의 흠뻑 젖어 두 눈을 감은 채 중얼거리는 소녀를 보곤 소년은 넉살좋게 대답했다.

"아주 좋은데? 감기 걸릴 것 같고."

소녀는 소리 내어 웃었다. 그리곤 문득 다가오는 감정의 깜짝 놀라 두 눈을 더 세게 감았다. 이 감정은 뭐였더라. 책에서 봤던 감정이었는데. 소녀는 자신의 몸을 적시는 비가 점차 줄어들고 나서야 알 수 있었다. 이것은 두려움이다.

소년은, 두 눈을 감은 채로 내리는 비를 온몸으로 받고 있는 소녀를 바라보면서 어깨를 가볍게 들썩이곤 말했다.

"너와 함께 했던 것들은 영원한 추억으로 남을 거야."

그렇게 말하곤 다시 소년은 말을 이었다. 그러나 소녀의 표정을 알아차리기엔 비가 너무 많이 왔다.

"잊지 못할 기억이자 추억으로 남을 거야."

소녀는 감은 두 눈에 힘을 주었던 것을 느슨하게 풀었다. 그리곤 중얼거렸다.

"비가 너무 많이 와."

소년은 싱그럽게 웃는 얼굴로 조금 걱정되는 내색을 하며 두 눈을 감고 있는 소녀에게 물었다.

"오늘은 우산 안 가져 왔어?"

소녀는 끄덕인다.

"응."

소년은 무슨 이유에서인지 모르겠지만 이유를 묻고 싶었다.

"왜?"

소녀는 감고 있던 두 눈을 천천히 뜨고 고개를 돌려 소년의 비에 젖은 얼굴을 바라보면서 조금 고개를 기울였다.

"옆 집 민우한테 줬어."

소년의 웃음기 배였던 얼굴은 조금 굳어가고 있었다. 소년은 물었다.

"……. 왜?"

소녀는 허공으로 시선을 두었다가 다시 소년을 바라보며 말했다.

"민우가 비를 맞고 있기에."

소년은 천천히 아주 무거운 짐을 발에 동여 묶은 아이처럼 뒷걸음을 치며 점점 소녀와 멀어지고 있었다. 소녀는 그 모습을 지켜보다가 머리 위에 앉은 빗물을 탈탈 털어내며 무언가의 질린 얼굴을 하고 있는 소년을 지나치며 중얼거렸다.

"밤비가 더 많이 오잖아."

소녀는 집 밖에 나가지 않았다. 방 안에 틀어박혀 무수히 많은 생각을 하는 중이었다. 그리고는 흘러내리는 눈물을 닦지 않는 중이었다. [왜 울고 있니.] 소녀는 들려오는 다정한 목소리에 불어나는 감정들이 싫어 두 귀를 막았다. 그렇지만 불어나는 감정들의 실체는 알지 못했다. [소년에게 가. 너의 마음을 말해.] 소녀는 가소로웠는지 흘러내리는 눈물을 닦아내며 말했다.

"그 아이는 날 좋아하지 않아. 그저 호인이었을 뿐이야."

소녀는 그렇게 말하면서도 그렇지 않을 거라고 생각했다. 그렇다와 그렇지 않다가 역설적으로 뒤바뀌고만 있을 뿐이었다. 그때. 소녀는 순간 생각을 멈춰 고개를 살짝 들어 말했다.

"내가 고양이를 죽였다는 것을 소년은 알아."

그러나 그 순간을 잡아먹듯 다정한 목소리가 들려왔다. [너의 마음도 알고 있는 문제인 걸? 그것은 소년과 너에게 주어진 숙제인 걸.] 소녀는 초연한 눈으로 슬픈 얼굴을 하며 중얼거렸다.

"소년의 깊은 상처를 건드렸어."

소녀는 터져 나오는 울음을 감추려 부드러운 배게 속 작은 얼굴을 파묻었다.

어둠 속에서 살며시 두 눈을 뜬 해연은 깜짝 놀라며 자리에서 일어나려 몸을 일으켜봤다. 짧은 순간에 그 모든 기억들이 펼쳐지다니. 먼 옛날 기억 속에 정신이 있었다니. 그런데 느낌이 조

금 이상했다. 온 몸이 무거웠다. 마치, 몸의 뒷면이 바닥에 붙어
있는 것처럼. 해연은 자리에 앉아보려는 듯 허리를 일으켜 세우
려했다. 하지만 이젠 정말 바닥에 붙어버린 듯 전보다 몸이 더
굳어있었다. 해연은 눈물이 나왔다. 울음이 터져 나올 것만 같
았다. 해연은 물기 묻은 목소리로 소리쳤다. [나더러 뭘 더 어떻
게 하라는 거야!] 그때였다. [죽음은 쉽지. 어둠 속에 파묻어버
리면 쉬운 것처럼.] 해연은 두 귀를 막고 있는 양 팔을 얼굴에서
떼어내려 놓으며 가라앉은 얼굴로 말했다. [무슨 말이에요?] 다
정한 목소리는 친절함을 내세웠다. [너도 힘들잖아. 어둠에 묻
으면 모든 게 끝나.] 해연은 가만히 생각하다 고개를 조금 비스
듬히 기울였다. [나의 죽음을 바라는 구나 너.] 그렇게 말하곤
해연은 다시 얼굴을 기울였다. 무언가 떠오른 사람처럼 보였다.
'사랑을 찾아요. 사랑이 해연 씨의 그 별이니까.' [나는 나의 별
을 찾아야 해.] 해연은 중얼거렸다. 그리고 이상한 것은 다정한
목소리가 들려오지 않았다. 자취를 감춘 것이다. 해연은 부드럽
게 미소 지으며 기쁜 마음으로 다시 말을 이었다. [난 그를 사랑
해.]

　그리고 그 찰나의 순간. 암흑. 다시 암흑이었다. 그런데 기분
이 묘했다. 암흑 뒤에 빛이 있었다. 해연은 스르르 무거운 두 눈
을 떴다. 이름 모를 꽃이 심어져 있는 화분 하나가 덩그러니 놓
여있는 병실이었다. 해연의 두 눈은 오래 동안 뜨지 않아 녹슨

철단을 펴는 것처럼 무거웠다. 그때. 병실 안으로 들어오는 해성이 보였다. 해성은 색 없는 얼굴로 해연에게 걸어왔다. 두 눈을 뜬 해연이 아니라, 죽은 듯 숨만 쉬고 있는 두 눈 감은 해연에게.

"누나 미안해. 정말 ···."

해연은 이상한 기분을 감추지 못하며 해성의 머리를 만지려 손을 들어올렸다. 하지만 꼼짝도 할 수 없었다. [해성아 ···.] 해성은 어두운 얼굴을 큰 손으로 매만지며 흐느껴 운다 싶더니 눈물 젖은 목소리로 뱉어냈다.

"사랑해 누나. 사랑해."

어린 날. 해성이 유치원을 다닐 적 그 누구에게도 묻지 못했다. 그저 자신이 본대로 받아들여야 했다. 그는 늘 궁금하긴 했다. 자신보다 더 먼저 세상 밖으로 나온 해연이 왜 이제야 나타난 것인지 의아했다. 그래서였다. 비밀을 아는 순간 끔찍한 고통을 안고 살아가야했던 것은. 그것이 숙명이 되어버린 것은.

"이제야 나타난 저의가 뭐야? 배를 굶주려도 동네를 봐가면서 동냥해야할 것 아니야?"

해성의 아비의 목소리였다. 거실 안쪽 구석 모퉁이에서 졸린 눈을 비비던 해성은 벽 뒤로 몸을 감추어 섰다.

"당신이 알아야한다고 생각했어. 그 뿐이에요."

해연의 어미는 감정을 억누르는 목소리로 말했다. 해성은 어렸지만 그만큼 적나라하게 해연의 모친의 감정을 그대로 전해받을 수 있었다.

"그래서, 어느 날 갑자기 나타난 내 딸을 보살펴라?"

해성의 아비의 이죽거림에 해연의 어미는 반듯하게 고개를 치켜세웠다.

"이제라도 그럴 수 있음에 감사하길 바랄 뿐이에요."

잠시 동안의 정적이 흐르고. 얼마동안의 시간이 지났을까. 해성의 아비는 깊은 숨을 내쉬었다.

"…. 정말로 그렇게 생각한다면 지금이야말로 생각을 바꿔. 나는 이미 아들이 있고 내 아들은 일찍이 어미를 잃은 아이야. 그런 애에게 복잡한 서열정리를 설명하고 싶지 않다고. 당신도 딸이 있으니 잘 알거 아니야?"

해연의 어미는 피식 웃음을 터트린다.

"뭐를 잘 안다는 거예요?"

해성의 아비는 입맛을 다시면서 분명한 목소리로 말을 하기 시작했다.

"떠나가 살 정도의 넉넉한 돈을 줄게. 당신이 원하는 환경에서 내가 준 막대한 돈을 가지고 버젓이 딸과 함께 살아가. 그럼 당신은 앞날 걱정하지 않아서 좋고, 나는 소란스런 스캔들에 묶이지 않아서 좋고. 이런 말을 꺼내게 되어서 나도 유감이야. 하지만 갑작스레 나타난 당신과 당신 딸의 존재는 나에게 커다란 짐이 돼. 그건 당신도 잘 알고 있겠지. 그 대신 보답을 해주겠다는 거야. 당신이 꿈꾸던 자유를 만끽하라고. 난 내 생활을 유지하면서 살아가길 바란다고. 잘 알잖아? 불필요한 존재는 굳이 내 곁에 있지 않아야 한다는 걸. 당신은 남부럽지 않은 생활에서 딸을 교육시켜서 좋고, 난 지금의 내 스토리가 크게 변하지 않아서 좋고. 다 좋잖아?"

일순간 해연의 모친의 웃음소리가 짧게 터졌다.

"혼자 다 하시네요."

해성은 알아버렸다. 자신이 들어서는 안 될 이야기들이 펼쳐지고 있는 것을.

"우리가 그렇게 사라진다고 해연이가 당신 딸이 아닐 수는 없어. 운명은 언제든 나타날 곳에 나타나기 마련이니까."

해연의 어미는 아마도 침묵을 지키는 그러나 성이난 해성의 아비를 뚫어지게 바라보면서 말을 하고 있을 것이다. 해성은 그렇게 생각했다.

"떠나는 사람과 버리는 사람은 해연이야. 나도 당신도 될 수 없지. 그게, 부모의 운명이니까."

감정이 묻어나왔다. 어린 해성의 눈시울마저도 붉힐 만큼의 여린 감정이 새어나왔다. 하지만 감정이란 일방통행에서는 소용없는 법.

"도대체 ···."

해성의 아비는 끓어오르는 감정을 무던히 참아내면서 말을 이었다. 그는 지극히 덤덤한 목소리였다.

"네 치마폭에 안긴 남자가 내가 유일하다고 말하지 말아줘. 그 쓸 때 없는 책임감을 내게 던지지 말아줘. 어디 근본도 모르는 애를 내 딸로 호적에 올리겠다는 거야. 착각하지 말아줘. 사실 내가 너를 여자로 대할 때는 네가 치마를 두를 때였을 뿐이니까."

잠시 후 휘청거리며 벽을 손으로 집는 해연의 어미가 해성의 먼 시야에 닿았다. 해성은 커진 눈을 이리저리 굴렸다. 불안함이 온 몸을 휘어 감고 있었다. 그것이 누군가에게 전해 받은 것이라고는 감쪽같이 모를 만큼.

"정 떠나기 싫으면 기다려줘. 내 인생이 쓰레기가 되는 순간을 말이야."

해성의 아비의 목소리는 조금 더 가까이에서 들려왔다.

"그리고 똑똑히 봐. 네 딸은 절대로 내 딸이 아님을."

그의 입가에 비스듬한 미소가 걸렸다.

"봉사하지 뭐."

해성의 두 눈에서 또르르 눈물이 떨어져 내렸다. 이유가 무엇인지 알지 못했다. 자신의 아비가 잔인하다는 사실을 깨닫게 되었는지도 모른다. 슬픈 내용인지 사실 잘 알지 못했다. 그런데도 눈물이 흐르는 까닭은 해연의 어미였다. 슬쩍 보이는 해연의 어미의 뒷모습이 너무나 작게만 보여서. 그것이 꼭 벽 뒤에 숨 어있는 자신 같아서. 그 뒤에는 아무도 없어서.

7장. 당신을 그 어둠속에 혼자 둬서 미안해요

너는 나의 긍정, 너는 나의 따뜻함, 너는 나의 별.

해연은 뚱한 표정을 감추지 못했다. 보지도 못 하는걸 뭐.

"참 신기해 언제부터인가 얼굴색이 많이 좋아졌어.'

"그래. 꼭 깨어날 사람처럼."

해연의 두 눈 감은 얼굴을 나란히 앉아 들여다보며 작은 감탄사를 내뱉고 있는 인물들은 경진과 해성이었다. 해연은 어색하게 웃었다. [너희 둘 언제 이렇게 된 거니?]

"형. 그때 일 …. 그 건 마음에 담아 두지 마."

경진이 슬쩍 해성의 얼굴을 쳐다보고는 말했다. 해성은 픽 웃어버린다.

"누나 좋아졌으니까 됐어."

"아니, 그때가 아니야."

해성은 스르르 고개를 돌려 경진의 불편한 내색을 비추는 얼굴을 들여다본다. 그리고는 슬며시 부드러운 얼굴을 그려내는 것과는 달리 한쪽 눈썹을 들어 올리며 말했다.

"너 답지 않다."

어떠한 의미가 있는 말에 경진이 몸을 움츠려들며 해성을 바라봤다.

"또 뭐. 입에 칼 물려고."

엄살을 떠는 경진을 보며 해성은 어깨를 들썩였다.

"사과를 몰랐었잖아, 그 … 때 … 도."

뒷말을 강조하는 해성의 말에 경진은 황당한 표정으로 무미건조한 해성을 바라보며 고개를 기울였다.

"아 진짜 뒤끝한 번 기네. 비겁하다는 거냐?"

작게 웃음 짓던 해성의 고개도 기울어졌다.

"말까냐, 지금."

경진은 허탈한 듯 코웃음 치고는 재수 없는 해성의 얼굴을 유심 있게 바라봤다. 해성의 면상을 갈겨주고 싶을 만큼 미워했던 적이 없었다. 참, 그게 지금 와서 생각해보니 꽤 자신이 좋은 놈이라는 생각을 하게 만들었다.

"뭐냐, 그 눈빛은? 난 착해, 넌 재수 없어."

자신의 생각을 정확하게 집는 해성을 바라보던 경진이 서서히 뜨악한 얼굴로 중얼거렸다.

"귀신이야, 졸라 재수 없는 귀신."

경진은 작게 중얼거리다가 해성의 무표정으로 기운 얼굴을 확인하고는 결코 작은 목소리가 아니었음을 인정하며 마치 아무 일도 없었다는 사람처럼 맑은 표정으로 고개를 돌렸다. 그 둘의 모습을 지켜보고 있던 해연은 숨을 죽여 웃었다. 그렇게 기나긴 어둠이 지나고 비로소 밝은 햇살이 좁은 공간에 드리웠다. 해연은 다시 미소 지었다. 그 순간 해연의 머리를 빠르게 스쳐지나가는 인물이 있었다. '정신' 해연의 작게 중얼거리는 얼굴에 곧이어 따스한 햇살 닮은 미소가 스르르 번져갔다.

정신을 만날 수 있을 지는, 자신이 온전하게 깨어날 수 있을 지는 확신이 들지 않았지만 해연은 알 수 있었다. 해연은 조그마한 미소를 머금었다. 당신을 만나면 꼭 하고 싶은 말이 있다. 해연의 미소 짓고 있는 입가가 점점 제자리를 찾아갔다. 어떠한 기억을 찾은 것이었다. 결코 달갑지 않은. 해연은 고개를 기울였다.

이상한 점이 있었다. 요 근래 정신을 만났던 기억들은 있다. 그런데 누운 몸을 일으켜 어떻게 정신을 만나러 갔는지에 대한 이동경로는 생각나지 않는다. 해연의 얼굴에 조금 뜬 의구심이 퍼져나갔다. 엄마를 봤다. 그것이 약속된 장소에서 만난 것인지 길을 걷다 우연히 마주친 것인지는 알 수 없지만 엄마를 봤다. 그리고는 쓰러졌다. 해연의 의구심 뜬 얼굴이 슬픔의 색으로 번져가고 있었다. 엄마가 떠나간 후 두 번째의 헤어짐이었다.

떠나가는 일을 미리 준비했었던, 떠나가는 것을 한 번 했었던 이의 떠남은 어렵지 않겠지. 그렇게나 많은 희망을 주어놓고 기다리고 있을 이의 슬픔 따위는 이미 몇 번을 등져버린 낡은 계절과도 같겠지. 그렇게 쉬울 터. 해연의 입가에 쓴 조소가 베였다. '나에게도 별이 있어 해연아. 나는 내 별을 제일 사랑해.'

해연은 음울한 눈을 했다. 다시 떠나갈 때는 망설임조차 없었다. 의지는 더욱 확고했다. 해연은 두 눈을 스르르 감아냈다. 어둠이 필요했다. 어둠속의 고요함속에서 흐르는 눈물을 흘려보내야했다. 정말 그런 것이었다. 내가 더 사랑했어, 엄마. 따뜻한 눈물이 줄을 이어 흘러내렸다. 슬픔이 흘러내렸다. 그런데 그때 순간 속에 슬픔의 자리를 빼앗아가듯 생각나는 누군가가 어둠속에서 눈물을 흘려보내고 있던 두 눈을 스르르 뜨게 했다.

'정신.'

어렸을 적의 소년은 정신이었다. 파란 우산을 정말 기억하고 있다. 그때의 내가 느꼈던 별빛의 느낌도 이젠 정말 또렷하게 기억할 수 있다. 그리고 그를 다시 만났다. 조금 더 자란 채로 조금 더 먼 시간을 돌아와 그에게 전해주고 싶은 말이 생겼다.

해연은 다시 두 눈을 스르르 감아냈다.

이 세상에는 꿈이라고 할 수 없는 사실이 있다. 이렇게 육체 이탈을 하는 듯 풍경을 볼 수 있고 목소리를 들을 수 있고 심지어 살갗에 닿을 정도로 느낄 수 있었다. 정말 심지어 정신을 만나기까지 했다. 해연은 미소를 그렸다. 꿈이라고 하기엔 너무 설렜다. 그리고는 감은 두 눈을 뜨고는 오른손을 들어 올려 볼을 꼬집어보며 중얼거렸다.

"이봐 …. 절대 꿈이 아니야."

어른이 되고 싶었다. 마음대로 셔츠 단을 접어 올리고 어느 광고에서 보았던 것처럼 시원한 맥주를 들이켜고 싶었다. 그러면서 하루의 고됨을 달래는 그럴듯한 어른이 되고 싶었다. 어린 해성은 자신의 방에 마련된 화장실에서 세면대 거울에 비친 자신의 그럴듯한 표정을 바라보고는 심심한 얼굴을 했다. 힘없이 가라앉은 머리는 볼품이 없어 보였다. 해성은 시무룩한 표정을 짓다가 이내 회심의 미소를 지으면서 화장실을 빠져나갔다. 자신의 힘없는 머리칼을 보다 못한 해성은 아직 집에 들어오지 않은 아비를 생각하면서 침실방의 화장실을 향해서 슬그머니 걸음을 옮기고 있었다. 그런데.

"괜찮아요. 난 해연이만 좋으면 상관없어요."

침실 방에 화장실 안. 해연의 어미 목소리가 들려왔다. 화장실 안에서 은근하게 들려오는 수화기 너머의 남자 목소리는 아마도 해연의 어미를 이 밤에 화장실로 불러 낼 만큼 그 존재가 있는 사람.

"당신이 어떻게 괜찮아. 이쪽 일은 빨리 마무리할게. 조금만 더 버텨줘. 정말 미안해."

남자의 목소리는 희미하지만 정확하게 울려왔다. 해성은 침을 꼴깍 삼키면서 멀리서 보이는 화장실 안 세면대에 올려져있는 헤어스프레이를 바라보면서 입맛을 다셨다.

"난 당신을 괴롭게 하고 싶지 않아요. 미안해하지 말아요."

해연의 어미는 조금 더 나긋한 목소리로 말하고 있었다. 해성은 저도 모르게 조금 미소 짓다가 자신이 있으면 안 된다고 판단을 한 것인지 이내 몸을 돌려냈다. 그렇지만 계속해서 수화기 너머의 목소리 울림이 전해졌다.

"내가 널 지켜주고 싶었어. 꼭 그렇게 할게."

해성은 서둘러서 걸음을 떼어내고 있었다. 그때, 컴컴한 방안에 헤어 드라이기가 널브러져 있는 것을 몰랐던 해성은 헤어드라이기 본체를 밟고는 화들짝 놀라면서 뒷걸음질 쳤다.

"……. 거기 누구 있어요?"

해성은 커진 눈을 이리저리 굴리면서 제자리에 얼음이 되어서 있었다. 곧이어 해연의 어미가 화장실 안에서 나와, 꿈쩍도 하지 않고 서 있는 해성을 발견하고는 자신의 손에 들린 휴대폰을 내려놓으면서 말했다.

"해성이구나. 다 들었니?"

해성은 아무런 말도 할 수 없었다. 해연의 어미는 슬픈 눈으로 중얼거렸다.

"들었구나 …."

해성은 두 눈을 질끈 감고는 말을 뱉어냈다.

"아뇨! 난 헤어스프레이를 가지러온 것뿐이에요. 정말로!"

해성은 어둠속에서 그렇게 말을 하곤 그대로 서 있었다. 도망가지도 않고 보채지도 않았다. 얼마 후 부스럭 소리가 들리더니 이내 눈을 감고 있는 자신의 앞으로 더 어두운 형체가 다가와 있음을 직감했다. 해성은 감은 두 눈을 슬며시 떴다. 자신을 향해 팔을 뻗은 해연의 어미의 손에 들려있는 것은 헤어스프레이였다. 해연의 어미는 부드러운 얼굴로 입을 열었다.

"착하구나."

해성은 얼른 헤어스프레이를 받고는 서둘러서 몸을 돌려내었다. 인사도 잊어버린 것인지 빠른 걸음으로 어느덧 침실을 빠져나온 해성은 성큼 성큼 자신의 방으로 걸음을 옮겨갔다. 그러면서 해성은 생각했다. 어른들의 약속은 무엇인건지. 나는 방금 헤어스프레이를 받으면서 무언의 약속을 한 것인지. 해성은 꿀꺽 침을 삼키면서 기분 좋은 얼굴을 했다. 그것은 해성이 처음으로 알게 된 어른과의 약속이었다.

정신카페의 휴일 문구를 띄워놓고 집 밖을 나서지 않았던 날짜를 잊어버렸다. '일요일에는 원래 진료 안보시잖아요?' 순간적으로 너털웃음을 짓는 정신은 부쩍 수척해진 얼굴을 들어 올려 읽다 만 책으로 시선을 뒀다. 끌어당김의 법칙, 우주의 법칙 등이 적혀져 있는 책이었다. 넋을 잃은 얼굴로 고개를 가로젓는 정신의 메마른 입에서 바람 빠진 소리가 흘러나왔다. 그녀와 나의 주파수가 맞지 않나봐. 그러면서 정신은 반쯤 미친 사람처럼 다시 배를 움켜잡으며 웃어댔다. 그녀의 마음과 내 마음이 달라서? 그래서? 그러고는 차쯤 웃음을 멈춰갔다. 인연이라면 만나겠지. 주파수가 같다면! 손에 들린 책을 바닥으로 내던지고는 정신은 가라앉은 얼굴을 두 손으로 뒤덮었다. 아니면 정말로 귀신이라도 되나? 당신은. '너의 눈을 보면 슬픔이 보여. 참 이상해.' 그것은 어떠한 기억이었다. 긴 시간을 어둠 속에 묻어두었던 소녀였다. '따뜻함을 실천 해. 그러면 슬픔은 아무것도 아닌게 되거든.'

굳은 얼굴을 뒤덮고 있던 두 손이 스르르 내려갔다. 정신의 얼굴은 굳은 얼굴이 아니었다. 슬픔이 아니었다. 어둠이 아니었다. 그것은 그리움이었다. 그것은 너무나 소중해 행여나 깨질까 묵혀 두었던 마음이었다. 진심이었다 그건.

말도 안 돼. 정신은 혼이 나간 얼굴을 두 손으로 문질렀다. 가슴 안에 든 무엇이 곧 터져버릴 지경이었다. 정신은 매섭게 자리에서 일어나 허리춤에 두 손을 올려놓곤 제자리를 지켰다. 그리고는 이내 힘을 잃은 두 손을 떨어트리며 다시 의자 위에 털썩 주저앉았다. 너 하나 지키려고 내가 뭘 버렸는지 당신은 모르겠지. 그런데 그때. 정신의 음울했던 얼굴은 문득 어떠한 기억이 찾아온 듯 놀랍도록 멀어진 기억을 찾아낸 듯 어느새 희미한 미소가 띄어졌다. '파란 우산.'

소년은 빨간 지붕 아래에서 또 다른 소년을 기다리는 중이었다. 오랜 시간을 방 안에 틀어박혀 있다가 문득 소년의 직감 위로 스쳐지나간 생각이었다. '그럴 리가 없어.' 그것은 하찮은 믿음 따위가 아니었다. 그것은 확신이었다.

"너 누구세여?"

잠시 집 밖을 나선 민우가 자신의 집 대문 밖에 서 있는 소년을 발견하고는 말했다. 소년은 고개를 기울였다.

"해연이 알지?"

소년은 멍청하게 생긴 민우의 두 눈을 똑바로 직시했다.

"당연히 알지. 근데 그걸 네가 왜? 뭘?"

소년은 음험한 얼굴을 비스듬히 기울인다. 너 같은 새끼한테 그럴 리가 없어.

"해연이 본 적 있어?"

민우는 의례 거만한 표정을 짓는다.

"옆 집 살잖아?"

그러더니 입을 놀린다.

"걔 진짜 천사지 않냐. 언제는 걔네 집에 떡 주러 갔는데 걔 그 긴 머리 알지? 젖어 있었다니까 ⋯."

어느새 소년의 고요한 얼굴은 민우의 재갈거리는 얼굴 앞에 있었다. 소년은 소리를 죽였다.

"뒤질래?"

어느 사이 입을 꼭 다문 민우의 얼굴을 쳐다보고는 소년은 허탈하게 웃었다. 그리고는 생각했다. 왜 그런 말을 한 거야? 너는.

먼 기억 속에 잠겨있던 정신은 침대 밑으로 고개를 돌렸다. 휴대폰 진동 소리가 보통 때와는 다르게 조금 진하게 울리고 있었다. 정신은 스르르 자리에서 일어나 침대 밑에 아무렇게나 올려진 휴대폰을 들어 전화를 받았다.

"야, 오늘 밤 시간 어때."

계절이 뒤바뀌고 나서야 전화를 건 이는 무슨 일인지 한껏 들떠 보이는 경진이었다. 정신은 수척한 얼굴을 한 손으로 문지르면서 말했다.

"타이밍 한 번 죽이네, 그렇지?"

수화기 너머로 경진의 소탈한 웃음이 들려왔다.

"사랑하는 친구야. 나 요즘 진짜 기분 좋다. 그런데 우리 엔젤 잔 다르크 누님보다 네가 더 좋아, 내 맘 아냐?"

경진의 평소 잘 보지 못했던 표현에 정신은 피식 웃었다.

"엔젤 잔 다르크는 또 누군데."

경진의 들뜬 기분이 정신에게 온전하게 전해졌다.

"우리 해연 씨를 말하고자 하면 길지. 대백병원 이사장 첫째 딸이자 더군다나 미모의 잔 다르크! 지성과 교양을 겸비한 분이 요즘 많이 좋아져서 내가 그 분으로 말미암아 기분이 좋아 죽겠다는 거지 …. 야 …. 여보 세요 …. 뭐야, 듣고 있냐?"

정신은 수척한 얼굴을 약간 들어올렸다.

"뭐? 누구?"

"……. 해연 씨. 뭐야, 너 누님 알아?"

경진의 잔뜩 흥분 묻은 목소리는 정신의 미묘한 당황을 느꼈는지 조금 가라앉았다. 정신은 순식간으로 자신의 가슴 안에 번져오는 무언가의 메아리 때문에 조금 크게 미소 지으며 말했다.

"당연하지."

대백병원. 정신은 분주한 발걸음으로 회전문을 통과해 병원 중앙에 있는 로비를 지나 발 빠르게 걸어갔다. 그녀가 언제 또 무슨 이유로 쓰러졌는지는 알 수 없었지만 그게 중요한 게 아니었다. 정신은 멈춰 서 있는 엘리베이터의 버튼을 눌러 좁은 공간으로 들어가 층수를 눌렀다. 식물인간. 정신은 어두운 얼굴을 떨구며 한 손으로 입가를 가렸다. 당신에게 나는 어떤 말이 가당키나 할까. 엘리베이터가 멈춰 곧이어 문이 열리자 정신은 어두운 얼굴로 무거운 발걸음을 옮겨갔다.

　정신은 해연의 이름이 적혀있는 병실 앞에 잠시 멈춰 섰다. 어떠한 암적 보다 더한 침묵이 정신의 새하얀 머릿속을 덤덤히 지나갔다. 정신은 깊은 숨을 내쉬고는 문고리를 잡고 문을 열었다. 불그스름한 태양의 빛이 맴도는 병실 안은 평온했다. 정신은 천천히 그녀가 깊게 잠들어 있는 곳으로 어쩌면 '정신'은 이미 깨어있어 자신의 목소리를 들을 수 있는 그곳으로 걸어갔다. 산소 호흡기로 얼굴이 반쯤 가려진 해연의 깨끗한 얼굴은 보다 더 정숙했다. 정신은 낮은 의자에 앉아 해연의 두 눈 감은 얼굴을 넌지시 바라봤다. 당신은 알 것 같았어요. 내가 당신을 간절히 원하는 이 마음을. 정신의 어둡게 굳은 얼굴에는 굵은 눈물이 뚝 뚝 흘러내렸다. 당신의 마음을 묻지 않았어요. 그게 아닌 걸 알면서도 당신을 그 어둠 속에 혼자 둔 거에요 내가. 정신은 눈물로 젖은 얼굴을 천천히 낮추다 스르르 고개를 들어 깊은 잠에 빠져있는 해연에게 다가갔다. 그리고는 해연의 새하얀 이마 위에 작게 입맞춤했다. 당신을 사랑해요. 아주 많이.

　해연은 태양 빛이 불그스름하게 드리우는 창가를 바라보다가 무심코 낮은 숨을 내쉬었다. 언젠가 그 어디에서 그랬다. 인간의 영혼은 소멸하지 않는다고. 외국의 양자물리학의 서적에서 언뜻 본 적도 있는 것 같았다. 해연은 약간 흘러내린 머리칼을 귀 뒤로 넘겼다. 생각해보면 정말 그런 것도 같았다. 인간은 말을 하고 화를 내고 상상할 수도 없는 대단한 열정이 있는 가하면 심지어 어떤 것을 창조해낸다. 그것이 물질이든, 그 어떤 것이든. 인간이 육체로만 살아간다면 불가능하다 할 만한 일들을 여지없이 해내고는 한다. 실제로 외국에서는 인간에게 영혼이 있는지를 단순하게 알아보려고 시한부 선고를 받은 사람의 몸무게를 재어놓고 그 사람이 죽고 난 직후의 몸무게를 재어봤는데. 죽기 직전의 몸무게와 죽고 나서 직후의 몸무게가 달랐다고 했다. 해연은 조금 무서울 수도 있는 생각을 잘만 하는 자신에게 놀라 작은 웃음소리를 냈다. 그렇지만 굳이, 눈으로 결과를 예측하고 확인할 수 있는 과학이 아니더라도 인간에게는 영혼이 존재하기에, 그 영혼은 곧 에너지와 같기에, 에너지는 소멸할 수 없기에. 해연은 인간의 육체가 죽더라도 그 인간의 영혼은 소멸하지 않는다고 생각했다. 그러나 해연의 작게 미소 짓고 있는 입가가 점차 제자리를 찾아갔다. [나의 육체가 이대로 죽는다면 나의 영혼은 어디로 향하게 될까요? 나의 영혼과 그의 영혼이 다시 닿을 수 있을 까요?] 해연은 잠시 동안 가만히 기다렸다. 곧 들려오곤 하던, 늘 들려오곤 하던 그 다정한 목소리를. 해연은 눈을 감았다. 그리고는 계속해서 불러봤다. [어디

있어요? 나에게 답을 주세요.] 해연의 물음에도 아무런 소리가,
그 다정했던 목소리가 들려오지 않았다. 해연은 감은 두 눈에
힘을 주었다. [나는 죽게 되는 거죠? 그를 다신 만나지 못하게
된 거에요?] 해연의 색 없는 얼굴에 투명한 눈물이 흘러내렸다.
[아니면 …. 나 이미 죽은 건가요?] 해연의 감은 두 눈에서 투명
한 눈물들이 느린 몸짓으로 비집고 흘러내렸다. 해연은 악 소리
가 흘러나올까 자신의 손으로 희미하게 흐느끼는 입을 틀어막
았다. 어차피 그 누가 듣지 못할 울음인데도 창피했다.

　[당신을 ….]

　해연은 갑작스레 들려오는 목소리에 눈물을 흘려보내고 있던
두 눈을 스르르 떴다. 부쩍 마른 수척한 얼굴로 자신을 내려다
보는 정신이 있었다.

　[당신을 그 어둠속에 혼자 둬서 미안해요.]

　눈물을 쏟아내며 얼굴을 가리는 정신을 바라보고는 해연은
질끈 두 눈을 감아냈다. [이런 모습으로 기억 되는 거 싫어. 싫
어요.]

　그 순간 해연의 차가운 이마 위에 울음으로 흐릿해진 정신의
숨결이 닿았다.

　[당신을 사랑해요. 아주 많이.]

　조용히 병실 문을 닫고 나온 정신은 가만히 제자리에서 한숨

을 내쉬었다. 그녀의 쓰러짐이 믿기지 않았다. 도대체 어떻게 된 영문인지 생각이 정리되지 않았다. 정신의 고개가 점점 낮아졌다. 멀리서 병실 복도를 통과해 걷던 경진이 망부석이 되어 있는 정신을 발견하고는 걸음을 재촉하며 다가왔다.

"들어갔냐? 같이 들어가자니까."

정신은 그제야 숙였던 고개를 들어 올려 불안한 눈으로 경진을 바라봤다.

"어디가 아픈 건지 …. 왜 혼수상태까지 왔는지, 언제 쓰러진 거고 …."

정신의 정리가 안 되어 물어오는 혼란스런 물음에 경진은 금방 무거워진 얼굴로 짧은 숨을 내쉰다.

"가을에. 15주 정도 됐어 넌 언제 만난 거야? 누님이랑."

정신은 혼란스런 눈으로 경진의 약간에 의구심이 묻은 얼굴을 유심히 바라봤다.

"15주?"

전보다 더 진한 의문이 묻은 채로 경진은 고개를 끄덕이며 슬며시 손을 머리 위로 들어 올려 손가락으로 머리를 가리켰다.

"여기 …. 때문에 그래. 원인은 …. 정확하게 알 수 없고."

정신은 다리에 힘을 잃어버려 벽을 지지대 삼아 한 손으로 벽면을 짚으며 복잡한 얼굴을 낮췄다. 말이 안됐다. 해연을 만났다. 분명히, 똑똑히 해연을 봤다. 그런데 15주라니. 이곳에 잠들어있던지 무려 15주라니. 정신의 혼란스런 얼굴을 바라보던 경진은 이상한 듯 물었다.

"왜? 너 누님이랑 언제 만났냐니까."

정신은 말없이 낮췄던 고개를 천천히 들어 벽을 짚었던 손을 떼어내고는 이내 혼란스러움이 가득한 얼굴로 걸음을 떼어내며 말했다.

"연락 줘서 고맙다."

경진은 등을 보이며 걸어가는 정신을 이상하게 바라보며 고개를 기울였다.

"뭐야 저 자식 ….."

정신은 재빠른 몸짓으로 현관문을 닫아 신발을 벗었다. 그의 집에서 가구라고 할 만한 것들은 테이블과 침대 그리고 책장 같은 기본적인 것들이었다. 쓸 때 없는 것을 두는 것을 싫어하는 정신의 절대적인 취향이었다. 그만큼 정신은 쓸 때 없는 짓은 하지 않았다. 정신은 부엌으로 걸어가 찻장을 살폈다. 있었다. 정신카페에서 가져오면서 자신이 생각하기에도 유치한 행동 같아 홀로 웃음을 짓게 만들었던 해연의 머그잔이었다. 정신은 살짝 뒷걸음질 쳤다. 믿을 수가 없었다. 차라리 꿈이었다면 그 편이 더 나을 수도 있었다.

"말도 안 돼."

우뚝하게 서서 넋을 놓고 있던 정신의 주위로 희미한 바람이 불어왔다. 정신은 스르르 고개를 들어올렸다. 바람이 불어올 리가 없었다. 창문이 있을 리가 없으니까. 정신은 무언가를 직감하려 신경을 곤두세웠다. 누군가 있다. 느껴졌다. 공간 속의 존재감이 느껴졌다. 정신의 두 눈이 스르르 감겼다. 희미한 바람은 차쯤 내색을 감추며 고요해졌다. 어떠한 것의 존재감이 더욱 뚜렷해졌다. 정신은 온 몸의 털을 세우듯 온 몸의 예민한 신경을 곤두세웠다. 그런데 정적속의 고요함만이 맴돌았다. 공간 속에는 오로지 정신만이 존재했다. 무언가가 자취를 감추듯 사라지고 말았다. 어떠한 존재감이 그러니까 방금 불어왔던 바람처럼 말이다. 정신의 얼굴이 미묘하게 일그러졌다. 이내 정신은 감은 두 눈을 뜨곤 넋이 나간 얼굴로 털썩 몸을 주저앉으며 힘 없은 목소리로 중얼거렸다.

"미친 놈."

그러자 들려왔다. 어떠한 목소리였다. 고요함 속에 찾아오는 빛이었다.

"어떻게 찾아요?"

정신은 고개를 들었다. 두 귀를 손바닥으로 가려내봤다. 방금 그 목소리는 해연의 것이었다. 환청을 듣고 사는 병이 있는 것도 아니었다. 이건 분명 해연의 목소리다. 정신은 큰 눈을 하고 스르르 자리에서 늘어진 몸을 일으켰다. 지난 날 해연이 물었던 말이 떠올랐다. '나의 별이 사랑이라면 사랑을 어떻게 찾아요?' 정신은 고개를 강하게 도로 저었다. 기억이 아니야. 소리를 들었어. 정신의 얼굴이 일그러졌다.

"해연의 목소리라고, 젠장!"

정신은 낮은 욕설을 내뱉으며 거친 숨을 한꺼번에 몰아쉬었다. 분명히 들었어, 들었다고. 혼란스런 얼굴로 혼돈에 빠져있던 정신은 이내 몰아쉬는 숨을 내뱉는 얼굴을 두 손으로 뒤덮으며 읊조렸다.

"빌어먹을 ….”

8장. 당신을 좋아했어요

진실하게 생각하라. 그리하면 당신의 생각으로 세상의 기근이 해소되리라.

-허레이쇼 보너-

육체가 잠든 방. 몇 사람이 채 찾아오지 않는 방. 지난날들의 대하여 더 이상 물을 수도 없는 시간. 잡히지도 않는 시간을 탓하며 눈물을 쏟는 공간. 해연의 육체가 잠든 곳 위를 표시라도 해놓았듯 미처 준비하지 못한 준비하지도 않았던 해연의 영정 사진 대신, 해연이 깊은 꿈을 꾸고 있을 적 병실 안의 놓였던 이름 모를 꽃이 심어져 있던 화분이 단정한 탁상 위에 덩그러니 놓여있었다. 이름 모를 꽃이 아니라, 몇 개의 안개꽃을 담은 채.

몇 몇의 사람들 속에. 아무런 말없이 그 흔한 미동조차 없이 탁상 위에 놓인 안개꽃을 담은 화분을 넌지시 바라보던 해성이 고요한 정적 속에 깊은 숨을 내뱉었다. 깨어날 것이라고 생각했다. 그녀라면 기적처럼 어쩌면 이미 예견된 시간이었다는 것처럼 일어날 것이라고 생각했다. 해성은 무미건조한 얼굴을 한 손으로 쓱 매만졌다. 역겨웠다. 그녀에게 너무나도 가까웠던 죽음을 애써 외면해보려고 발악했던 자신이 눈물이 나도록 증오스러웠다. 해성의 표정 없는 얼굴 위로 점점 많은 양의 눈물들이 떨어져 내렸다. 그녀의 엄마가 그립다는 것을 끝내 입 밖으로 꺼내지 못한 채 어린 그녀가 매번 버릇처럼 쓰러지곤 하던 때의 시간들이 떠올랐다. 해성은 축 늘어진 몸을 마른 바닥에 주저앉혀 쏟아지는 눈물들을 두 손으로 가려냈다. 사실은 피곤하겠다고 생각했다. 그녀의 죽음을 등 떠밀고 있었던 슬픔을 고작 동정한 것이다. 해성의 두 손으로 가려진 그의 얼굴을 비집고 꺽꺽 우는 소리가 흘러나왔다. 웃음과 울음이 섞여있는 소리였다.

미처 차려입지 못한 듯. 정장바지와 검은색 셔츠를 입은 경진이 정적 속에 조상하는 몇 사람의 곁으로 걸어 들어왔다. 경진은 어두운 얼굴로 해연의 상징을 뜻하는 안개꽃이 담긴 화분을 바라보며 숙연한 얼굴로 두 손을 가지런히 모아 예의를 갖췄다. 경진에게도 해연의 죽음은 믿고 싶지 않던 그러면서도 너무나 믿을 수가 없는 결말이었다. 그녀는 경진에게 있어 또 다른 의미의 사람이었고 여자였다. 경진의 어둠만이 맴도는 얼굴 위로 희미한 실연의 그림자가 깔렸다. 그녀는 돌아오지 않는다. 어쩌면, 이미 돌아올 수 있었을 적은 없었다. 그저 간신히 붙잡고 있었던 것이다. 죽은 듯 숨만 쉬고 있는 그녀에게 돌아와 달라 애를 쓰며 말이다. 경진은 점점 구겨지는 얼굴을 돌려 눈물을 닦아냈다. 사실은 아무도 최선을 다하지 않았다. 최선을 다하는 방법조차 없었기에 최선을 다하지 않았다. 그저 의사 가운을 입은 채로 멀찍이 떨어져 그녀의 죽음을 바라보는 구경꾼에 불과했던 것이었다. 경진의 입에서 아차 싶은 굵은 소리가 흘러나왔다. 하지만…. 그러면 안 된다. 이래서는 안 되는 것이다. 후회라는 막연한 것으로 가는 사람의 길을 초라하게 만들 수는 없는 것이었다. 경진은 정신을 차리려는 듯 어두운 얼굴을 애써 두 손으로 매만지며 문득 고개를 돌렸다. 경진이 고개를 돌린 그곳에는 홀로 주저 앉아 더 이상 숨을 죽일 수 없는 표정으로 흘러나오는 울음을 견뎌내고 있는 해성이 보였다. 이토록 가까이 있으면서도 듣지 못할 울음은 그 얼마나 작아져야했던 울음인가. 홀로 눈물을 쏟아내며 동시에 참아내고 있는 해성의 곁으로 경진은 아무런 소리 없이 다가가 몸을 낮춰 떨고 있는 해성의 어깨 위에 손바닥을 올려놨다. 해성은 온기 있는 손바닥의 살결이 느껴졌는지 몸을 움찔하며 얼굴을 가리고 있던 두 손을 내려놓는다. 해성의 눈물 젖은 얼굴은 가까이에서 보는 경진마저 넋을 잃게 할 만큼 불어있었다. 해성의 망부석이 된 얼굴을 보며 말을 잃은 채 그저 바라볼 수밖에 없는 경진의 얼굴에서도 뜨거운 눈물이 흘러내렸다. 경진은 떨고 있는 해성의 어깨 위에 손을 올려놓은 채로 그렇게 해성의 눈물 젖은 얼굴과 마주하며 여전히 그녀가 돌아올 수 없다는 사실 앞에 눈물을 쏟아냈다. 해성은 아마 자신과 비슷할 얼굴을 하곤 소리 없이 눈물을 터트리는 경진의 얼굴을 바라보면서 끝내 참아내고 있었던 울음을 터트렸다.

정신은 색 없는 얼굴로 신고 있던 검은 양말을 마저 발에 끼워 넣었다. 그의 비스듬히 기운 얼굴에서 이미 몇 번에 회의가 찾아왔었다. 해연이 혼수상태에서 깊은 꿈을 꾸고 있을 때 정신은 해연을 만났다. 심지어 정신이 아주 어렸을 적 해연의 그 거대한 집에 들어가 홀로 내리는 비를 맞고 서 있는 어린 해연과의 추억들도 있다. 그래, 그것이 사실이 아닐 수도 있겠지. 그저 내가 만든 기억일 수도 있겠지. 혼수상태에 있던 해연을 만난 것도 해연과의 지나간 몇 개의 밤들도 믿기지 않았지만 운명 같은 우연들도, 전부 다 거짓일 수 있겠지. 정신의 비스듬히 기운 얼굴에서 굵은 눈물이 뚝뚝 떨어져 내렸다. 그렇다면 미친 듯이 뛰었던 그날의 내 심장도 거짓일 수 있겠지. 당신의 손길이 닿았던 머그잔을 매만지며 사랑을 알게 되었던 그날의 내 마음도 모두 다 거짓일 수 있겠지. 그래, 모두 다.

"그렇다면 당신이 죽으면 안 되는 거잖아. 그럴 수 없는 …."

정신은 눈물이 범벅된 얼굴을 숙이며 중얼거렸다.

"말이 안 되는 거잖아요."

이사장실. 어두운 그늘을 뒤집어 쓴 채로 노년의 남자는 앉은 자리에서 일어나 창가의 곁으로 다가갔다. 모르는 일이었다고 뱉어내기엔 너무나 긴 시간들을 너무나 깊었던 슬픔을 지켜봐 왔다. 방관이라면 방관이었겠지. 남자의 입에서 가벼운 웃음이 흘러 나왔다. 방관이었지.

"준비됐습니다."

남자는 아직 웃음기가 남아있는 채로 고개를 돌렸다. 노년 남자의 얼굴을 마주한 검은 정장을 입은 젊은 남자의 표정이 미묘하게 일그러졌다. 젊은 남자의 얼굴은 오랜 시간 곁을 지켜왔던 이의 무언가를 갑작스레 마주한 얼굴이었다. 이를테면 당황이었다. 노년 남자는, 젊은 남자의 당황을 감추지 못하는 얼굴을 바라보고는 이내 허탈하게 웃으며 발걸음을 떼어내고는 말을 뱉었다.

"그대가 보기에도 그렇게 뜻밖인건가."

어느 사이 아직도 믿겨지지 않는다는 얼굴을 하는 젊은 남자의 곁을 소리 없이 지나치던 노년의 남자가 잠시 걸음을 멈춰 말을 이었다. 그래, 물기가 젖은 목소리였다.

"나도 그래."

세상의 모든 소음들이 숨을 죽인 밤. 장례식장 입구에 덩그러니 놓여있는 작은 화단 속에 꽃들마저 고개 숙인 밤.

정신은 차안에서 몸을 꺼내 검은 옷매무새를 정리하곤 느린 몸짓으로 해연의 육신이 잠들어 있는 그곳으로 향했다.

홀로 엘리베이터에서 몸을 꺼낸 정신의 얼굴은 슬프지 않았다. 그저 검은 얼굴을 했다. 공간 속의 침묵에서 느릿하게 걸음을 내딛던 정신은 코너를 돌았다. 그러자 멀찌감치 보이는 401호실 문판이 정신의 초점 잃은 눈으로 들어왔다. 정신은 발길이 채 떨어지지 않는 것을 느꼈지만 상관하지 않았다. 상관할 수가, 그럴 수가 없었다. 정신은 가라앉은 얼굴로 발걸음을 멈춰 얼굴을 매만져봤다. 이제 와서 이 모든 것이 꿈이라고 여겨질 수도 없다. 정신은 어두운 얼굴로 낮은 숨을 내뱉으며 왼 쪽 코너의 보이는 화장실로 발걸음을 옮겨갔다.

아무런 생각이 들지 않는다. 그 무엇에 대한 판단도 서지 않는다. 무기력. 그랬다. 그저 무(無)의 무(無)가 이곳에 서 있는 모든 존재들의 안팎을 맴돌았다. 정신은 표정 없는 얼굴로 세면대 위에 두 손을 올려놓은 채로 몸을 기대었다. 해연이 죽었다.

세면대 위에 두 손을 올려놓은 채 넋을 잃고 있는 정신의 곁으로 그와 다를 바 없는 얼굴을 한 해성이 물을 틀어 손을 닦았다. 해성은 물기 묻은 두 손을 탈탈 털어내며 세면대 거울에 비친 정신을 넌지시 바라보다가 망부석이 되어 있는 정신의 어깨 위에 천천히 손을 올려놓았다. 정신은 고개를 들어 낯선 이의 표정 없는 얼굴을 바라봤다. 해성의 얼굴에는 무언가의 감정이 올라와 있었다. 이 순간 동질감 따위가 아니었다. 이 순간 진심이었다.

몇 사람이 떠나 긴 정적이 흐르는 해연의 방으로 차마 확인할 수 없어 일찍이 찾아오지 않았던 정신이 걸어 들어왔다. 정신은 수척한 얼굴을 들어, 해연의 상징을 뜻하는 안개꽃이 담긴 화분으로 천천히 시선을 떨어트렸다. 해연의 죽음을 말할 수 있는 것은 겨우 저기 보이는 안개꽃이었다. 정신은 표정 없는 얼굴로 안개꽃이 담긴 화분이 놓인 탁상에 천천히 다가갔다. 곧 담아둔 안개꽃은 슬쩍 고개를 숙인 모습이었다. 정신은 음울한 눈으로 고개 숙인 안개꽃에 멍하니 시선을 고정시켰다. 가버렸다. 어딘가에 버려두고 이렇게 나 혼자 남겨두고 당신은 그곳의 세계로 이렇게. 아무도 말해주지 못할 이야기들 속에 나 혼자 남겨두고 당신은. 정신은 어두운 얼굴로 낮은 한숨을 뱉어냈다. 생각이 정리되질 않는다. 슬픔도 원망도 균열이 어긋난 어둠처럼 말이다. 정신의 음울한 눈에 흐릿한 물기가 떠올랐다. 어떠한 시간의 기억이 정신의 새하얀 머릿속에 들어왔다.
아직도 그리워하는 마음이었는지 미처 물어보지 않았다. 어느 날 찾아온 당신처럼 우리가 만나 숨을 쉬었던 그 시간들의 기억들도 어느 날 갑자기 나에게 닿았으니까. 허나 그래도, 그렇다 해도. 정신의 두 눈에서 맥없이 떨어지는 눈물들이 줄을 이어 흘러내렸다. 나를 안아준다고 했잖아요. 내 곁에 있고 싶다고 했잖아요. 당신의 그 두 눈이 그렇게 말했잖아요. 나를 찾아와, 아무 동요 없는 내 마음을 그렇게 미친 듯이 흔들었잖아요. 우리는 만났잖아요. 당신과 나는 알잖아. 우리는 알잖아요. 그것들은 진짜였잖아요. 정신은 천천히 무릎을 꿇어 힘을 잃은 채 눈물을 흘리는 얼굴을 가려내며 뱉어냈다.

"이럴 수 없잖아 ……"

그리고 어떠한 목소리가 들려왔다. 그것은 해연을 떠올리게 하는 목소리였다.

"누나를 알죠?"

바닥에 무릎을 꿇어 주저앉은 채로 눈물을 흘리고 있는 정신에게 해성이 물었다. 정신은 눈물이 묻어 얼굴을 가리고 있던 두 손을 내려놓고는 천천히 고개를 들었다. 방금 전 화장실에서 봤던 남자다. 그리고 해연과 닮은 젊은 남자. 정신은 눈물이 범벅된 얼굴을 대충 손바닥으로 닦아내곤 앉은 자리에서 스르르 일어나며 멍한 얼굴을 하며 말했다.

"그녀를 알아요, 어쩌면 조금."

정신은, 해성의 기운 얼굴을 유심 있게 바라봤다. 표정 없던 해성이 입을 열었다.

"……. 언젠가 누나가 얘기하던 소년이 당신이었나."

정신은 약간 커진 눈으로 해성의 마음을 읽을 수 없는 얼굴을 바라봤다.

"누나가 그러더군요. 많은 비가 내리던 날에 자신과 닮은 소년을 만났다고."

해성은 슬픈 얼굴로 비스듬히 미소 지으며 말을 이었다.

"당신을 좋아했어요."

정신의 흔들리는 눈을 지켜보던 해성은 뒤를 돌아 걸어갔다. 정신은 넋을 잃어버린 채 천천히 고개를 돌렸다. 안개꽃이 담겨 있는 화분이 보였다. 정신의 슬픈 눈에서 눈물이 터지듯 흘러내렸다. 그랬다. 해연은 꿈이 아니었다. 미친 것이 아니었다.

정신은 뜨거운 눈물을 흘리는 얼굴을 저으며 뱉어냈다.

"꿈이 아니었어요, 당신은."

9장. 그리움의 무게는 슬픔의 무게와 비례할 것이다

소리를 들을 수 있다. 느낄 수 있다. 나는 당신을.

해연을 보낸 지 일주일이었다. 해연의 입관식을 하기도 전에 집으로 도망치듯이 돌아와 여기 이렇게 방구석에 널브러져 있는지도 일주일이었다. 커튼으로 가려진 창가 너머로 곧 닿는 빛들은 여기 지금 이곳과는 먼 세계일 테지. 빛조차 닿지 못하는 곳에서 무슨 짓을 하고 있는 지도 모르는, 지금 이 순간 여기는 그런 세계인 것만 같아요. 정신의 가라앉은 얼굴에서 그리움의 그늘이 겹쳤다. 당신을 볼 수 있었다. 나의 심장은 당신을 느낄 수 있었다. 빠르게 머리를 회전시키며 내가 당신에게 했었던 말들도 나는 전부 다 기억하고 있다. 정신은 무릎을 끌어안은 채로 고개를 숙였다. 그런데 당신은 없다.

정신은 무릎 속에 고개를 파묻은 채로 눈을 감았다. 어둠속의 적막이 필요했다. 아무런 생각을 할 수 없게 만드는 짙은 어둠이 필요했다. [두려워하지 마.] 정신은 멍하니 고개를 들었다. 그저 그 순간 속에 흐르는 시간인 것처럼 다정한 목소리가 들려왔다. [보이는 것이 전부가 아니야.] 정신의 고개가 비스듬히 기울어졌다. 그리고 이내 힘 잃은 입술을 떼어냈다. [존재한다는 말인가.] 정신의 표정 없던 얼굴에 약간의 조소가 배였다. [네가 존재하는 것처럼.] 정신은 자신의 환영이 만들어냈을 그것에게 말했다. 환영은, 환영이라고 볼 수 있을 때 사라지는 법. 그러나 어둠은 환영이 아니었다. 그저 어둠일 뿐이지. [너는 소녀를 봤어.] 정신의 비스듬한 웃음이 그려져 있던 얼굴은 점점 굳어져 갔다. 그리고 다정한 목소리는 마치 그 순간을 비웃기라도 하는 듯 들려왔다.

[당신도, 알고 있어?]

정신은 질린 얼굴을 하곤 몸을 일으켜 휘청거리는 걸음을 떼어냈다. 지난 번 정신카페에서 환자로는 보이지 않던 여자가 했었던 말이었다. 잊을 리가 없지. 불안한 얼굴로 걸음을 황급히 떼어낸 정신은 허겁지겁 신발을 신고 현관문을 열었다. 정신의 얼굴에는 기이한 어둠이 찾아오고 있었다. 이를 테면 두려움이었다.

수소문 끝에 정신의 두 발이 향하는 곳은 알만 한 사람들만
안다는 무속인의 집이었다. 신을 받들어 한 사람의 전생과 인생
심지어 미리 일어날 일을 알려준다고 하는 무당의 집. 정신의
마른 얼굴에서 약간의 긴장이 돋보였다. 한때는 역술인과 무속
인들의 능력이 정신이 어렸을 적부터 타고났던 능력과 별 차이
가 없을 것이라고 여겼다. 정신의 능력은 Cold reading(상대에
대한 아무런 사전 정보가 없는 상태에서 상대의 속마음을 간파
해내는 기술). 정신은 흘러내리는 땀줄기를 닦아내며 문판이 없
는 지붕 아래 멈춰 섰다. 역사가 오래된 나무 재질의 집이었다.
정신은 굳은 얼굴로 낡은 문고리를 잡아 밀었다. 문을 열자, 문
바로 앞 쪽을 차지한 우물과 오래되어 색이 변질된 흙바닥이 정
신의 시야 가득 들어왔다. 정신은 열고 들어온 문을 닫고 좁은
마당을 가로 질러 걸어갔다. 인기척을 하지 않는다. 그래, 하지
않는 것이었다.

정신은 꿀꺽 침을 삼켜냈다.

"여기로 와요."

정신은 오른쪽으로 고개를 돌렸다. 단아한 한복 차림을 한 중
년 여자로 보이는 무당이 있었다. 무당은 표정 없는 얼굴로 약
간의 겁을 집어먹어 굳어있는 정신을 쳐다보는가 싶더니 이내
좁은 방으로 들어갔다. 정신은 천천히 토방 위에 신발을 올려
놓고 낡은 마루를 천천히 밟고 지나며 무당이 자리하고 있을 좁

은 방으로 어느 사이 들어섰다. 정신이 문을 열고 들어선 좁은 방은 오히려 이상하다 싶을 정도로 일반 가정집과 다를 게 없었다. 억지로 다를 것이 있다고 치자면 바닥에 자리를 지키고 앉아, 정신의 겁을 집어먹은 얼굴을 빤히 들여다보는 무당 앞에 반듯하게 놓인 단상뿐이었다. 육안으로 보아도 제법 오래된 나무 단상이었다. 정신은 그 나무 단상 앞에 앉았다. 오직 직감으로 관찰을 하고 있는 정신을 조용히 지켜보고 있던 무당이 입을 열었다.

"운명이 기이해."

정신은 무슨 말부터 꺼내야 할지를 본격적으로 찾기 시작했다.

그러나 무당은 그 수를 어제 알았다.

"죽은 자와 연결되면 죽을 자가 된다고 하시는데 당신의 운명은 그렇지가 않아. 그저 그 문을 열었을 뿐."

무당의 말을 가만히 듣고 있던 정신의 얼굴이 굳어갔다.

"죽은 자와 연결이 돼요?"

무당의 얼굴은 빠르게 변화하고 있었다. 그것은 무당의 것이 아니겠지.

"죽을 자를 찾아가지 않아. 죽을 그들은 기다리면 올 거니까. 너에게 다가온 운명이 너의 목을 조르고 다시 너를 자유인으로 풀어주고 결국은 너의 운명을 찾아주니 악하다고 할 수도 없고

선하다고 할 수도 없구나. 하늘과 땅이 지켜간 순리의 운명을 거스르려고 하니 귀신들의 눈초리를 받고 항상 어둠이 뒤따르다 못해 너를 집어삼키고 끝내는 너의 운명으로 어둠에서 벗어나 자유인이 되겠구나."

말이 끝나자마자 무당의 흠칫했던 얼굴이 스르르 풀어졌다. 정신은 혼란스런 얼굴로 재차 물었다.

"죽은 자와 연결이 되었다는 말이 정확히 무슨 말입니까? 설마 내가 귀신이라도 본다는 말이에요?"

무당의 애증 깊은 시선이 천천히 정신의 두 눈으로 향했다.

"과거로 돌아가는 꿈을 꾸었을 때 그것이 꿈이 아니라는 것을 알게 될 거야."

정신의 고개가 **뻣뻣**해졌다.

"……. 과거로 돌아가는 꿈?"

어렸을 적 해연을 만났던 추억을 회상했다. 그렇지만 그건 꿈이 아닌 기억이었다. 정신은 **빠르게** 머리를 회전시켰다. 해연의 엄마와 해연이 나오는 꿈은 꾼 적이 있다. 하지만 실제 사건이 있었는지 확인되지 않은 그저 꿈이었다.

"꿈은 깨어나기 마련이지. 허나 깨어나지 않는 꿈도 있어."

혼란 속의 **빠져있는** 정신을 바라보며 무당이 말했다. 정신은 의미심장한 얼굴로 중얼거렸다.

"깨어나지 않는 꿈이라면 …."

중얼거리던 정신은 고개를 들어 무당의 속을 알 수 없는 얼굴을 보고는 몸을 앞으로 조금 내밀며 답을 기다렸다. 그리고 이를 지켜보던 무당의 입가가 슬며시 길어졌다.

"그건 꿈이 아닐 테지."

정신은 넋을 잃은 얼굴로 앞으로 내밀었던 몸을 다시 뒤로 했다. 생각의 정리가 필요했다. 정신은 복잡해진 머리를 손바닥으로 문질렀다. 그리고는 다시 무당의 색 없는 얼굴을 바라보며 인상을 구겼다.

"왜 정확한 답을 주지 않는 겁니까? 차라리 굿을 하라고 해요. 내가 신내림이라도 받아야한다고 말하란 말입니다!"

정신은 구겼던 인상을 풀지 않으며 이내 작은 욕설을 내뱉었다. 그 모습을 말없이 조용하게 지켜보고 있던 무당이 작은 미소를 그렸다.

"신은 답을 주시지 않아."

정신의 얼굴이 더 험악하게 구겨지려고 할 무렵. 무당의 얼굴에서 무언가의 감정이 떠오르는 것이 언뜻 읽혔다. 약간의 굳은 얼굴을 한 정신을 직면하고 있던 무당의 입가에 스르르 작은 미소가 번졌다. 무당이 입을 열었다.

"너도 알잖아?"

정신의 머릿속에 하얀 먼지가 쌓였다. 정신은 주춤하며 앉은 자리에서 황급히 몸을 일으켰다. 두려움이 닥쳐오고 있었다. 그때 그날의 두려움이겠지. 정신은 바지 뒷주머니에서 지갑을 꺼냈다. 그리고는 굳어있는 손으로 수표 몇 장을 빼어들어 무당 앞에 놓인 단상 위에 올려놓았다. 무당의 얼굴은 표정이 없었다. 그게 싫었다. 정신은 전보다 더 굳어버린 얼굴로 휘청거리는 걸음을 아랑곳하지 않는 듯 좁은 방을 빠져나갔다. 마치, 도망가는 이처럼.

홀로 남은 무당은 무미건조한 얼굴로 가만히 앉아 있었다. 그리고는 천천히 단상 아래 놓인 촛불을 꺼내어 불을 붙였다. 무당은 정신이 남기고간 수표 몇 장을 태우기 시작했다. 연기가 피어났다. 공중에 떠오르는 연기들은 금방 사라지지 않을 것처럼 좁은 공간을 누볐다. 무당은 그 모습을 바라보고는 공손하게 고개 숙였다. 그리고 마지막 수표를 태우면서 천천히 입을 떼어냈다.

"저의 인사를 받아주소서. 저는 받지 아니할 것이니."

무당의 청은 범절이 아니었다. 그것은 간청이었다. 너무도 큰 신을 만난 무당에, 전날 밤 범접할 수 없다는 신의 음성을 들은 무당에, 신의 영역이 아니라고 말하는 신의 음성에.

정신은 술에 취한 몸을 비틀어봤다. 그런데도 마음처럼 잘 움직여지질 않았다. 좀 전에는 술집이었다. 상품처럼 나열되어 있는 여성들을 느릿하게 보다가 대강 손으로 집어서 고른 후 열이

나는 술자리를 가졌다. 그 후로는 잘 기억이 나질 않았다. 정신
은 지금 가쁜 숨을 쉬고 있었다. 정신의 물건에 온갖 열성을 다
하여 키스를 퍼붓고 있던 여자는 그의 불규칙적인 호흡을 즐기
기라도 하는 듯 가는 신음소리를 내면서 침샘이 흐르는 것에 집
중했다. 정신은 거친 호흡을 내쉬며, 밑에 자리하고 있는 여자
의 머리를 쓰다듬었다. 여자는 그에 반응하듯 아래와 위를 번가
라가며 입으로 피스톤 운동을 계속했다.

"잠깐만 …."

정신은 미간 사이를 좁히면서 호흡을 가다듬었다. 이를 무시
하기라도 하는 듯 여자는 자신이 하는 일에 열중하고 있었다.

"그만해."

정신의 나지막한 목소리에 그제야 여자는 자신이 하던 일을
멈추고는 젖은 눈으로 그를 올려다보고는 입을 열었다.

"왜요? 싫어요? ……."

여자는 실망한 듯 주눅이 든 목소리로 물었다. 그는 분위기에
취한 것인지 여전히 술기운에 취한 것인지 모르는 목소리로 답
했다.

"달라 …."

여자는 자신의 입가에 아직 묻어있는 정액을 손등으로 조금
닦아내고는 물었다.

"뭐가요? ……. 좋아하는 거 있어요?"

여자는 떨리는 목소리로 물었다. 어두운 방안에서 무슨 일인지 정신의 신경질적인 표정은 훤히 잘 보였다.

"좋아하는 게 없어 …."

여자는 의아한 얼굴이 되어 다시 말했다.

"그게 무슨 …."

정신은 허탈한 웃음을 터트린다.

"없어졌어. ……. 사라졌어 …."

여자는 궁금한 얼굴이 되어 한동안 정신의 두 눈 감은 얼굴을 바라봤지만 이내 신경 쓰이지 않는 듯 앉은 자리에서 그의 물건을 손으로 집어서 자신의 안으로 천천히 넣었다. 짧은 신음이 흐르고 곧이어 여자의 피스톤 운동이 시작되었다. 여자는 가만히 제자리를 지키는 정신의 두 손을 들어서 자신의 젖가슴에 올려놓았다. 이에 반응을 하는 것인지 어느 사이 정신은 자신의 위를 올라타고 있는 여자의 가슴과 허리를 휘어 감았다. 여자는 위 아래로 빠르게 몸을 움직이면서 계속해서 흘러나오는 신음을 뱉어냈다. 그녀의 가는 목소리는 어두운 방안을 홀연히 비추고 있었다. 그런데.

"그만 …."

정신의 짧은 호흡은 위에서 집중하고 있는 그녀의 움직임을 멈추게 했다. 여자는 조금 불평인 표정으로 그의 하체에서 내려와, 힘없이 누워있는 그의 곁에 느릿하게 엎드려 누운 채로 말했다.

"……. 내가 싫어요?"

정신은 술에 배인 숨을 내쉬고는 입을 연다.

"왜지 …."

여자는 젖은 눈으로 그의 두 눈 감은 얼굴을 훑으면서 물었다.

"응? ……. 뭐가 문제예요?"

정신은 미간 사이를 좁혔다.

"나 …."

여자는 궁금한 얼굴로 되물었다.

"나?"

정신은 조그마한 웃음을 터트렸다. 살짝 두 눈을 떠보니 벽 앞에 붙은 유리 창문 너머에서는 차가운 달빛이 쏟아져 내리고 있었다. 해연을 떠나보낸 지 얼마나 흘렀을까. 정신은 비스듬히 웃음을 흘렸다. 그 붉은 입술을 가만히 두었지. 당신의 그 존재 하나만으로도 나는 가득했어요. 그런데 …. 당신은 떠났는데.

지금 난 왜 이렇게 아프죠? 난 왜 이렇게 아파야 하죠?

"병신이야, 내가 …."

정신의 두 눈은 달빛에 반사되어 푸르게 빛이 났다. 어느덧 또르르 흘러내리는 눈물은 은근한 빛에 반사되어 반짝 반짝 빛이 났다. 그의 곁에 가까이 붙어 있던 여자는 짧게 기겁했다. 정신은 하는 수 없이 한 손을 들어 올려서 이마에 올려다 놨다. 왜 눈물은 내가 모를 때에 흐르는 거지. 알 수 있으면 참을 수 있잖아. 그리움도 그 무엇도. 그는 깊은 숨을 내쉬었다. 왜지. 왜 그런 거야. 아무도 모르게 흐를 수 있잖아. 정신은 질끈 두 눈을 감아냈다. 버틸 수 있잖아.

대백병원.

해연이 떠나고, 군기를 잡는 해성의 얼굴에 옅은 그림자가 깔려 있는 지 열흘. 해성의 마른 얼굴을 보다 못한 경진이 애써 작은 미소를 지으며 입을 열었다.

"밥 먹었어? 아직 안 먹었으면 같이 ….."

"알고 있었겠지."

애써 미소를 자아내던 경진의 말을 막은 해성은 천천히 표정 없는 얼굴로 고개를 기울여 말을 이었다.

"넌 내가 형편없는 놈이라는 거 알고 있었겠지."

경진은 벌어진 입으로 가만히 있다가 넌지시 말을 꺼냈다.

"설마 너 때문이라고 생각하는 거냐?"

표정 없던 해성의 얼굴을 가만히 바라보던 경진은 말을 이었다.

"그렇게 생각하면 가장 슬플 사람은 해연 누나일거야, 네가 아니라."

해성은 그늘진 얼굴을 비스듬히 기울였던 고개를 느릿하게 제자리에 찾고는 입을 열었다. 그의 두 눈에는 아직 가시지 않은 감정이 묻어났다.

"죽은 사람이 느낄 수 있을 리가 없지."

해성의 그 그늘진 얼굴을 바라보던 경진은 약간의 굳은 얼굴을 들키지 않으려 애를 쓰며 답했다.

"네가 느낄 수 있잖아."

그늘져 있던 해성의 얼굴에 묘한 미소가 걸렸다. 해성은 그 음울한 얼굴에 작은 미소를 그렸다.

"누나 죽었다, 경진아."

그 삐뚤어진 모습을 넌지시 바라보던 경진의 고개가 기울어졌다.

"아버지 돌아가시고 나서 난 매일 생각했지. 아버지는 여기 있다, 여기 계시는 것이다. 이렇게 주문을 외우면서."

가슴 위에 손을 얹어 놓으며 말을 하던 경진은 자신의 얼굴을 가만히 바라보는 해성에게 말을 이었다.

"매일 아침이었어. 그가 내 가슴 속에 살아있는 걸 느꼈다고 해야 하나? 뭐 …. 존재한다고 해야 하나? 그런 걸 느꼈었거든. 그때 알았을 걸? 내가 잊지 않으면 살아 계신거구나. 있구나, 여기."

해성은 아무런 말없이 그동안 미처 보지 못했던 경진의 얼굴에 깔린 낡은 그늘을 바라봤다. 그리고는 입을 열었다.

"너니까 가능한 걸 아직까지 모르는 구나."

경진은 낮은 한숨을 내뱉으며 힘 잃은 고개를 왼쪽으로 기울였다. 그러나 해성의 얼굴에 미묘한 감정이 떠오르고 있었다. 경진은 발견하지 못했지만.

"먼저 간다."

말을 뱉고는 해성은 뒤를 돌아 복도를 걸어갔다. 그의 뒷모습을 왼쪽으로 고개를 기울인 채 가만히 바라보던 경진은 천천히 고개를 제자리에 찾았다. 도저히 분류를 할 수 없는 놈이었다. 알 수가 없는 놈이었다. 정이 없는 놈인지, 여린 놈인지.

대백병원에 은근한 햇살이 수를 놓는 오후가 시작되었다. 늘 군림하던 해성과 경진의 냉전들이 끝나가는 것을 알리는 듯이 대백병원 안에는 고요하게 햇살이 드리웠다. 경진은 병원 복도에서 아직은 밝은 빛을 내리는 창가에 얼굴을 내밀고는 생각에 잠겼다. 해성의 가슴 속에도 그녀는 살아있다. 그리고 경진의 가슴 속에도 그녀는 살아 있다. 경진의 그늘진 얼굴에 조그마한 미소가 그려졌다. 그런데 그때. 아뿔사 잊고 있던 존재가 떠올랐다. '정신' 경진은 머리통을 부여잡고 휴대폰을 꺼내 들었다. 자신의 무신경함이 극에 달하는 꼴을 또 보고야 만다니. 이내 정신에게 통화를 걸며 경진은 중얼거렸다.

"그 자식은 누님을 어떻게 안다는 거야 ….."

경진은 휴대폰을 대강 얼굴에 붙인 채 벽면에 기대섰다. 몇 번의 신호음이 길어지고, 전화가 연결됐다. 수화기 너머로 깊은 침묵이 뒤를 이었다. 경진은 이때다 싶어 그냥 지르기로 했다.

"너한테 물어볼 거 있어. 누님 …."

"하지 마."

경진은 수화기 너머로 느껴지는 예기치 못한 선율 앞에 잠시 멈추고는 뒤이어 말했다.

"말 막는 게 취미냐? 해연 누님하고 어떻게 알아, 너 누님 알 면서도 병원에 문병 한 번 안 왔니?"

"모르는 사이인가 보지."

경진은 무미건조한 정신의 말에 거들먹거리던 것을 멈춰 말 을 이었다.

"이게 아나보네? 무슨 사이였는지."

경진의 날선 목소리를 지나쳐 정신의 작은 웃음소리가 들려 왔다.

"나도 잘 몰라 …. 알고 싶은데 그게 뭔지도 잘 모르겠다. 근 데 지금 이런 게 …. 중요하기는 한 거냐?"

경진의 얼굴이 조금 굳어졌다. 수화기 너머로 느껴졌던 감정 의 깊이가 전해졌다. 경진은 통화를 끊었다. 왠지, 더 이상 알아 서는 안 되는 경지의 있는 슬픔 같았다. 그보다 경진과 정신에게는 자신들만의 비슷한 룰이 있었다. 오래 동안 서로 말없이 지켜가고 있던 룰이었다. 경진은 한 손으로 뻐근한 목을 쓰다듬었다.

"나섰다가 목 날아갈 뻔 했네 ……."

"안녕하세요. 봄날 잘 보내고 계시죠? 이 봄날 따뜻한 곡을 들려드릴까 했는데 시청자 게시판에 올려준 댓글들을 보면 거의 모든 분들이 무드를 바래요, 무드를. 그래서 준비했습니다! 꽤 철 지난 노래죠. 이 노래 들으면 꼭 밤이 그리워져요. 버스 안 의자에서 혼자 있던 시간들이 그리워지고요, 사랑하는 사람과의 시간들이 그리워져요. 그럼 노래 띄워드립니다, 이승철의 시간의 끝."

해성은 라디오의 주파수를 바꾸려는 듯 채널을 돌려 운전대를 잡았다.

Lisa Ono의 'Buuvein Duu'가 흘러나왔다.

해성은 해연의 엄마에게로 향하는 중이었다. 그녀의 소식을 전해주겠다고 마음먹은 지 꼬박 사흘 밤을 지새웠다. 해성의 입가에 비스듬한 미소가 걸렸다. 그녀의 엄마는 해성이 어렸을 적 아주 드문드문 그 모습을 볼 수 있었다. 해연을 재운 뒤 방문을 열고 나오는 모습이라던가, 해성의 아버지와 다투는 모습이 거의 전부였지만. 그 짧은 날들의 동거라고 하기엔 그녀의 존재는 뚜렷하다 싶을 정도로 해성의 눈에 띄지 않았다. 해성은 그리운 얼굴을 하며 이마를 긁적였다.

"음악 때문인가."

해성은 볼륨을 높였다. 그 어린 날의 희미해진 기억들이 조그마하게 올라왔다.

"됐어. 네가 자꾸 이런 식으로 굴면 나도 하는 수 없어."

어린 해연은 팔짱을 끼며, 해연의 손길로 인하여 망가져버린 장난감을 들고는 울음을 멈추지 않는 해성을 바라보며 말했다. 해연은 하는 수 없다는 듯 낮은 한숨을 내쉬었다.

"내가 일부러 그랬겠니? 울어봤자 열만 나는데 뭐 하러 울어."

해연의 뚱한 표정을 바라보던 해성은 더 큰 울음을 터트리며 울음 속에서 웅얼웅얼 소리쳤다.

"처음으로 아빠한테 받은 거라고! 물어내!"

해연은 조금 미안한 얼굴로 한쪽 볼을 긁적였다.

"내가 돈이 어디 있어 …."

해성은 세상이 다 꺼질 것 같은 울음을 터트렸다. 해연은 하는 수 없다는 듯 그 작은 허리에 손을 올려놓는다.

"그럼 아빠한테 다시 사달라고 하자. 응?"

해성은 터트린 울음을 점차 멈추어가며 물었다.

"……. 겨우 조른 거란 말이야. ……. 아빠가 사줄까?"

해연은 희망찬 얼굴로 고개를 끄덕였다.

"응. 분명히 다시 사주실 거야."

해성은 어느새 눈물을 그치곤 잠시 생각에 머물다가 뜨악한 얼굴로 해연의 동그란 눈을 바라보며 말했다.

"설마 …. 그걸 나더러 얘기하라는 거야?"

해연은 고개를 끄덕였다.

"……. 응. 슬픈 건 너잖아."

"야 전해연!"

해성은 다시 복받치는 설움에 눈물을 터트렸다.

해성의 입가에 슬그머니 작은 미소가 띄어졌다. 어느 날 책 한권을 손에 든 어린 해연과 함께 불현듯이 나타난 여자, 한 집에 살면서도 말 한마디 붙일 기회가 자주 없던 해연의 모친이 어떤 성향의 사람일지 내심 알 것도 같았다.

해성의 차는 여러 개의 전등불이 마당을 장식하는 듯 밝히고 있는 카페 내부에 들어섰다. 이내 해성은 핸들에서 손을 내려 약간 긴장한 얼굴로 천천히 운전석에서 빠져나왔다. 그녀의 죽음을 알리는 일은 해성에게도 전혀 반갑지 않은 일이었으니. 해성은 낮은 숨을 내뱉으며 무거운 발길을 내딛었다. 화려한 꽃들로 장식한 카페 출입문은 곧 해성의 눈에 띄었다. 해성은 느릿해진 걸음으로 문을 열어 들어갔다. 점심시간을 훌쩍 넘긴 시간이라서 그런지 카페에 자리를 잡고 앉아있는 사람이 적었다. 해성은 휘휘 고개를 돌려가며 해연의 모친을 찾았다. 그때. 여성미를 놓치지 않고 있는 우아함을 풍기는 중년의 여자가 해성의 눈으로 들어왔다. 딱히 눈에 들어오는 특별한 차림새는 아니었음에도 무언가의 특별함으로 치장한 여자였다. 그리고 그 분위기의 끝에는 슬픔이 묻어났다. 해성은 긴장한 얼굴로 무거운 걸음을 옮겨갔다. 중년의 여자가 앉아 있는 테이블 위에는 아무 음료가 없었다. 빈 테이블을 확인한 해성의 고개가 조금 낮아졌다.

"……. 어머니."

특별한 자세마저 없이 가만히 앉아 있던 수정이 고개를 들어 해성의 얼굴을 바라봤다. 수정의 얼굴에 반가움의 미소가 그려졌다.

"해성아 …."

해성은 수정의 미소를 보고는 자신도 모르게 부드러운 얼굴을 하며 고개를 숙이고는 자리에 앉았다. 수정의 미소 그린 눈빛은 내내 해성을 쫓았다. 마치, 오래되고 소중한 기억의 행보를 지켜보는 이처럼. 그러나 해성의 부드러운 얼굴에 점점 어두운 그늘이 모습을 드러내고야 말았을 때 수정은 슬픈 눈으로 먼저 입을 열었다.

"그 아이는 어디 있니? 왜 같이 안 왔어?"

해성은 차마 수정의 얼굴을 마주 볼 수 없음에 어두운 얼굴을 조금 숙였다. 수정은 이상함을 느끼고는 재차 물었다.

"왜 …. 무슨 일 있는 거야? 그 아이가 …."

수정의 두 눈에서는 깊은 슬픔의 물기가 차오르고 있었다. 수정은 다시 입을 열었다.

"그 아이가 나 보기 싫대?"

해성의 숙인 고개가 곧 무거워졌다. 이 고개를 차마 들 수 없을 정도로. 해성은 고개 숙인 채로 두 눈을 질끈 감아내며 말했다.

"……. 그런 게 아닙니다. 누나는 …."

수정의 눈동자가 순간 흔들렸다. 그 순간을 알아채듯 말이었다. 수정은 불안한 눈으로 이유 모르게 무거운 입을 떼어냈다.

"무슨 …."

고개 숙인 해성은 잠시 말을 잇지 못하더니 이내 입을 열었다.

"혼수상태에서 오랫동안 있었습니다. 아주 오래 …."

해성은 그 다음의 말을 잇지 못했다. 이유를 말했어야 하니까.

해성은 자꾸만 낮아지는 고개를 힘주어 고정시켰다. 그리고 수정의 목소리가 들려왔다.

"지금 …. 그게 무슨 …."

수정의 목소리가 미묘하게 떨고 있었다. 그러자 해성은 두 눈을 뜨고는 천천히 숙인 고개를 들어 올려 수정의 불안한 얼굴을 마주보고는 어두운 얼굴로 입을 열었다.

"지난 일요일에 편안하게 …. 깊은 잠에 들었어요, 어머니 …."

"말도 안 돼."

수정은 넋을 잃은 채로 중얼거렸다.

"그 아이는 죽을 아이가 아니야. 누구에 의해서도 자기 멋대로도 죽을 아이가 아니 …."

넋을 잃은 얼굴로 중얼거리던 수정은. 고개를 조금 들어 올려 해성의 어두운 얼굴을 바라보며 말을 이었다.

"……. 정말이니? 정말 …. 그 아이가 죽은 게 …."

수정은 말을 채 잇지도 못하고 흘러내리는 눈물을 무시하며 해성의 적나라하게 어두운 얼굴을 살폈다. 수정은 꺼질 것 같은 가슴을 부여잡았다. 이내 해성은 힘든 얼굴을 하며 옆으로 쓰러지듯 힘을 잃은 수정을 향해 빠르게 몸을 던져 부축했다. 수정은 헝클어진 머리를 아랑곳하지 않은 듯 해성의 품에 안긴 채로 숨을 죽인 눈물을 터트렸다. 떠남의 노래를 먼저 불러주었던 그날의 시간들이 덜컥 수정의 머릿속을 헝클어트렸다. 수정은 해성의 팔을 부둥켜안으며 또 다시 울음을 터트렸다.

그리움의 무게는 슬픔의 무게와 비례할 것이다. 그렇게 고통의 옷을 입고 달에게로 날아갈 것이다. 그래야 덜 슬프잖아.

직장인의 스트레스를 탓하기도 전에 출입 카드를 책상 위에 아무렇게나 내던지고는 작은 공원에서 마음을 달랠 작정으로 버스 정류장으로 달려온 서윤은 심심한 미소를 지으며 하늘을 올려다보고 있었다. 느리게 지나가는 원 모양의 구름이 보였다. 그 뒤로 다른 구름이 지나가고 다시 느릿하게 흩어진다. 서윤은 들어 올린 고개를 바로 했다. 비가 되어 내리기전까지 어디에 닿게 될까.

때마침 버스가 도착했다. 서윤은 가방을 열어 지갑을 꺼내고는 버스 계단으로 올라섰다. 버스 안에서는 Maximilian Hecker의 Lonely In Gold가 흘러나오고 있었다. 서윤은 듣기 좋은 음악소리를 등지고 자리에 앉아 버스 유리창에 머리를 기대었다. 점점 빠르게 지나가는 버스 유리창 너머의 풍경들을 바라봤다.

[네가 좋아하는 노래 말해줘.]

그것은 어떠한 기억이었다. 어떠한 시간속의 낡은 기억이었다.

어린 서윤은 가만히 생각하다가 이내 답했다.

[Lasse Lindh의 C'mon Through.]

버스 유리창 너머로 빠르게 지나가는 사람들이 보였다. 특별할 것 없는 범상한 기억이었다. 왜 갑자기 찾아온 것인지는 알 수 없지만 작은 미소를 그리게 한다. 서윤은 유리창의 기대었던 머리를 슬며시 떼어내고 앉은 자리에서 일어나 손잡이를 잡았다. 버스 안에서는 Maximilian Hecker의 Lonely In Gold가 흘러나와 버스 안의 공간을 가득 채웠다. 점점 속도를 늦추던 버스는 움직임을 멈춰 문을 열었다. 서윤은 가방을 열어 지갑을 꺼내어 단말기에 갖다 대고는 계단을 밟아 내려섰다. 어느 사이 유난히 흐릿해진 하늘을 올려다보고는 서윤은 약간 걱정 어린 얼굴로 중얼거렸다.

"우산 가져올걸 그랬어."

서윤은 작은 공원의 돌담길에 들어섰다. 하늘에 닿을 만큼 높은 나무들의 사이로 난 길을 지나걷자 얼마 뒤 작은 호수가 있었다. 그리고 그곳에는 청량한 숨을 쉬고 있는 나무들이 있었다. 서윤의 걸음은 가벼움을 입은 듯 발걸음을 재촉했다. 돌담길을 지나서 몇 걸음만 내딛으면 벤츠에 닿는다. 서윤의 걸음이 조금 속도를 붙였다. 잠시 후 반가움을 맞이할 얼굴로 걸음을 걷던 서윤의 얼굴에 미소가 번졌다. 벤츠가 보였다. 벤츠에 홀로 앉아있는 해성까지도. 불규칙적으로 걸음을 내딛던 서윤의 얼굴에 반가움의 미소가 점점 퍼졌다. 그러나 조금 불규칙적인 걸음으로 해성의 앞까지 거의 다다랐을 때 서윤은 저도 모르게 덜컥 겁을 집어먹었다.

조용히 홀로 앉아 앞만 응시하고 있는 해성의 두 눈에서는 힘 없는 눈물들이 흘러내리고 있었다.

"해성아 …."

해성은 힘 잃은 얼굴을 들어 올려 불안한 얼굴을 하는 서윤을 바라봤다. 해성은 그 순간 덜컥 울음이 복받쳤다. 이유는 알 수 없었다. 그저 끊임없이 눈물이 흘러내렸다. 점점 더 뜨거워지고 있었다.

서윤은 말없이 눈물을 쏟아내고 있는 해성의 곁으로 걸어가 겁을 집어먹은 이의 얼굴을 하며 느릿하게 그의 옆자리에 앉았다. 해성은 자신의 얼굴에 흐르는 눈물의 실체가 무뎌졌는지 그 저 슬픈 눈으로 서윤을 바라보며 풀어냈다.

"누나가 죽었어. 서윤아."

이유는 모른다. 이렇게 툭 튀어나오는 말이 싫지 않은 이유도 모르겠다. 그저, 이렇게. 그냥 이렇게라도. 해성은 질끈 눈을 감 아냈다. 내리는 눈물들보다 더 뜨거운 것들이 나오려했다. 역겨 운 것이었다, 그것은.

결국 두 눈을 감아내며 눈물을 흘려보내던 해성의 얼굴에 어 느 사이 약간의 놀라움이 찾아왔다. 해성의 희미하게 떨고 있는 몸을 안은 그녀의 품이 너무나 따뜻해서. 그토록 지독하던 슬픔 이 이렇게나 순식간의 잦아들 수 있어서. 겁을 집어먹은 서윤의 얼굴에서 눈물이 뚝 떨어졌다. 품 안에 안은 해성의 숨죽인 떨림이 그대로 전해졌다. 눈물이 흘러내렸다. 얼마나 오랜 시간 여기서 이렇게. 서윤은 눈물을 흘리며 낮게 읊조렸다.

"괜찮아 …. 괜찮아."

단조로운 위로를 전하는 서윤의 따뜻한 품안에서 해성은 소리죽인 눈물을 터트렸다. 혼자 견뎌내고만 있었던 슬픔은 하늘을 담을 수 있을 것 같은 그녀의 품안에서 숨을 죽이며 녹아내렸다.

네 슬픔이 나를 울게 하면
너의 꺼짐이 나를 사라지게하면
파란 하늘에 올라갈 거야
구름이 되어 모였다가 다시 흩어질 거야
내리는 비가 될 때 까지.

10장. 진심은 그에 걸맞게 전하는 거야

시간을
거슬러.

그때는 바야흐로, 해성이 유치원 졸업을 몇 달 앞에 둔 날이었다. 감 혹은 눈치란 것으로 무언가를 집을 수 있을 만한 나이라서가 아니었다. 해성에게 그토록 눈길 한 번 주지 않던 아버지라는 남자에 대한 한 줄기의 신뢰도 아니었다. 적어도 해연에게 만큼은 어울리지 않는 것이라고 생각했기 때문이었다. 동정, 그것은 어울리지 않았다.

"당신과 난 남이지만 그 아인 당신 딸이야."

서재의 한 가운데에서 수정의 목소리가 작게 들려왔다. 물을 마시려 부엌으로 향하던 해성은 서재의 나무문 뒤로 몸을 감췄다. 남자의 깊은 한숨소리가 서재의 나무문 너머로 들려왔다.

"내 성을 주었잖아. 이 집에서 자랄 거고, 문제가 뭐야?"

수정의 허탈한 웃음이 들려온다.

"당신 피가 섞인 당신 딸이에요 ….."

"피가 섞인?"

남자의 짙은 비웃음이 서재의 안팎을 겉돌았다.

"내 피만 섞였을까?"

"그 입 다물어요!"

수정의 가는 고함이 터져 나왔다. 남자는 그 순간을 비웃기라도 하는 듯 짧은 웃음을 터트린다.

"착각하지 마. 언젠가 이 집을 떠날 당신 짐을 내가 도맡아서 키워준다는 거 고마워하라고."

한참 동안 수정의 목소리가 들리지 않았다. 아마 그녀는 소리 죽여 눈물을 흘리고 있는 것이겠지. 해성의 얼굴에 옅은 그림자가 깔렸다. 해성은 서재에서 발길을 떼어냈다. 그리고 자신의 방을 지나걸었다. 해연에게 가고 싶었다. 그래야 할 것만 같았다. 복도의 얇게 깔린 어둠속에서 닫혀있는 문 사이를 비집고 희미한 불빛이 새어나왔다. 해성은 느릿한 걸음으로 해연의 방문 앞을 서성거렸다. 그러나 이내 굳게 결심을 한 소년처럼 방문의 손잡이를 돌려 살짝 문을 열었다. 홀로 침대 위에 앉아 책을 보고 있던 해연이 인기척을 느끼곤 고개를 들어 미소 짓는다. 해성은 열고 들어온 문을 닫아 해연의 곁으로 걸어가면서 마치 아무 것도 모르는 것처럼 태연하게 말을 뱉었다.

"또 그 책이야? 어렵다면서."

해성은, 해연이 앉아 있는 곳과 조금 떨어진 침대 맡에 앉았다. 지금의 표정을 해연이 정확하게 알 수 없도록.

"어렵기만 하지 않아. 무지 재밌어."

해연은 진지한 얼굴로 책장을 넘기며 중얼거린다. 해성은 침대의 머리맡에 늘어지게 몸을 기대었다.

"누나. 나 책 읽어주라."

독서에 심취해 열중하고 있던 해연은 잠시 후 조금 커진 눈을 하는 얼굴을 들어 올리며 해성을 바라봤다.

"……. 너 어디 아파?"

해성은 삐딱한 얼굴로 태평하게 눈을 감고는 말했다.

"나 준비 됐거든? 읽어주라 누나."

해성은 두 눈을 감은 채로 비스듬한 미소를 지으며 해연의 목소리를 기다렸다. 곧이어 해연의 짧은 웃음소리가 들리고, 책장을 넘기는 종이 소리가 들렸다.

"인간의 영혼은 소멸하지 않는다. 인간이 죽기 직전에 하는 '내가 누구지?'라는 생각은 20와트의 에너지가 된다. '에너지는 소멸하지 않는다.'라고 이미 입증되었던 과학적 기반으로 보았을 때 에너지라고 볼 수 있는 인간의 영혼은 소멸하지 않는다. 그렇다면 이 지구상에서 육체를 갖고 살아가는 영혼들과 육체가 죽어 '죽은 자'라고 불리는 영혼들은 서로 교류가 불가능한 것일까? 이 사실은 아직 과학적으로 확인되지 않았다. 그리고 불가능한 일이라고 입을 모아 얘기를 한다 …. 정말 그런 걸까?"

해성은 여전히 두 눈을 감은 채로 답했다.

"귀신이 있냐와 없냐의 문제 말이야?"

어둠속에서 해연의 가벼운 웃음소리가 들려왔다.

"육체가 잠든 영혼과 육체를 갖고 지구상에 살아가는 영혼의 교류 말이야."

"확인되지 않았다며. 그게 없다는 소리지 뭐."

"그런 걸까."

해성은 감고 있던 두 눈을 슬며시 떴다. 두 손 가득 책을 들고 조금 슬픈 얼굴을 하는 해연이 보였다. 해성은 해연의 슬픈 얼굴을 보고는 다시 두 눈을 감았다. 해연의 슬픈 얼굴은 그저 저 책속의 나오는 '영혼과의 교류'에서 비롯된 것이었지만. 보고 싶지 않았다. 동정, 하고 싶지 않았다.

때는, 해성이 '스포트라이트'의 관하여 얼마나 영향력이 있는지 알 수 있었던 때였다. 대백병원의 이사장으로 남자를 아침 신문 기사에서 볼 수 있었을 때. 남자의 대한 그 많은 설명 중

'입양아'라는 타이틀이 이제 막 눈에 띄는 이슈 거리가 되고 있을 찰나였다. '대백병원 이사장 그는 본받아야 할 마음의 봉사자. 입양한 딸, 꾸준한 관심과 애정으로' 해성은 들고 있던 아침 신문을 구겨 바닥으로 내던졌다. 가슴에서부터 입 밖으로 무언가 구역질나는 것이 차오르고 있었다. 해성은 흥분한 얼굴로 남자가 자리하고 있을 서재를 향해 뛰어갔다. 입양이라니, 해연이 입양이라니.

잔뜩 흥분한 해성은 씩씩거리며 어느 사이 다다른 서재의 나무문을 세게 밀어제쳤다.

"도대체 무슨 짓이에요!"

서재의 창문을 바라보고 있었던 남자는 뒤를 돌아 해성의 잔뜩 흥분한 얼굴로 시선을 떨어트렸다.

"무슨 짓이니?"

표정 없는 남자를 바라보는 해성의 얼굴에 차쯤 가라앉은 그늘이 드리웠다.

"누나를 입양해? 그게 …. 말이 돼?"

남자의 고개가 기울어졌다.

"말이 안 된다고 생각하는 이유가 궁금하구나."

"이유 따위가 …. 있을 리가 없잖아."

해성의 가라앉은 얼굴에서 슬픔의 그림자가 찾아왔다. 해성은, 표정 없이 뒤를 돌아 창가 너머로 시선을 던지는 남자를 바라보며 두 손 가득 주먹을 쥐었다. 더 물어볼 것이 있었다. 더 소리를 치고 싶었다. 더한 윽박을 질러서라도 듣고 싶은 말이 있었다. 해성의 점점 구겨지는 얼굴 위에 힘없는 눈물들이 흘러 내렸다. 한 번만이라도 먼저 설명해주길 바랬다. 단 한번만이라 도 보통 아빠들처럼. 힘없는 눈물을 흘리던 해성은 입술을 깨물 며 차가운 한기가 맴도는 서재를 빠져나갔다.

하늘유치원의 아침은 늘 그런대로 시끌벅적했다. 구멍이 난 곰돌이를 실로 매어주는 수업이 한창 진행 중이었다. 기다란 실 로 곰돌이의 팔이나 다리를 돌돌 매어주는 일이었다. 아이들은 서로 모여 꽤 신중한 작업을 하는 중이었다. 그 중 유독 큰 목소 리로 아이들의 시선을 사로잡은 소년이 있었다.

"내가 뭐랬어! 파란 실로 하니까 더 멋있잖아!"

경진은 곰돌이의 다리 한쪽을 파란 실로 돌돌 말고는 호탕하 게 웃어댔다. 이를 조금 떨어져 바라보던 해성이 고개를 저으며 말했다.

"깁스냐?"

이를 듣고 있던 아이들은 하나 같이 크게 웃어댔다. 경진은 따가운 눈초리로 해성의 무미건조한 얼굴을 바라보며 입맛을 다셨다.

"내 큰마음으로 오늘은 넘어간다."

크게 웃어대던 아이들 중 안경잡이 소년이 경진을 바라보며 다시 웃었다.

"오늘이 무슨 날인데? 왜 넘어가? 둘이 또 싸워."

경진은 어깨를 으쓱하며 안경잡이 소년을 바라봤다.

"오늘은 너랑 싸울래. 이리와 이 자식아!"

득달같이 달려드는 경진의 어깨를 사정없이 밀며 저항하는 안경잡이 소년을 바라보고는 아이들은 전보다 더 크게 웃어댔다. 그러나 해성은 달랐다. '내 큰마음으로 오늘은 넘어간다.' 경진의 말이 거슬렸다. 해성은 심심할 때마다 보던 아침 신문 때문인지 한껏 예민해 있었다. 설마, 그 말도 안 되는 기사를 경진이 놈이 본 것은 아니겠지. 해성은 조용히 홀로 어두운 그늘 속에 빠져있었다. 노란 실이 아무렇게나 칭칭 감겨진 곰돌이의 배가 해성의 눈에 들어왔다. 싫증났다. 이렇게 감아놓는다고 달라지는 건 없는데.

"다 풀렸네."

어느 사이 가까이 다가온 소녀이었다. 해성은 멀뚱한 눈으로 가만히 해성의 곰돌이를 살피는 서윤을 바라봤다. 서윤은 할 수 없다는 듯 해성이 감아놓은 노란 실을 바라보면서 말한다.

"다시 해야겠다. 이렇게 감으면 금방 풀려."

살가운 것하고는 거리가 먼 해성은 무슨 일인지 기분이 나쁘지 않았다. 낯선 여자아이의 관심이라면 밀어내고야 마는 해성이었다. 그러나 이내 갑작스레 다가온 친근함에 점점 인상을 구겼다. 눈썹 사이를 아주 좁혀가면서. 그런데도 서윤이 싫지 않았다. 그게 더 놀라웠다.

"실을 이렇게 감으면 안 풀려. 이렇게."

서윤은 익숙한 손짓으로 실을 감아내면서, 인상을 쓰고 있지만 별로 기분이 나빠 보이지 않는 해성을 바라보고는 말했다. 해성은 덜컥 물벼락을 맞은 느낌이었다. 그저 그래서였을 뿐이다. 그저 화가 났을 뿐이다. 그것은 아주 순식간에 일어난 일이었다. 해성의 손길로 인하여 서윤의 구멍이 난 곰돌이의 다리가 뜯어진 채 바닥에 던져졌다. 해성은 그래도 분이 풀리지 않는지 놀란 서윤의 얼굴을 바라보며 소리쳤다.

"네가 뭔데 날 가르치려들어? 아빠도 없는 게!"

씩씩거리며 분을 식히던 해성의 주위로 아이들의 놀란 숨소리가 한꺼번에 터졌다. 그리고는 해성을 향해 따가운 눈초리가 쏟아졌다. 해성은 문득 그게 다행이라고 생각했다. 왜 그런 생각이 들었는지는 나중에서야 알았지만. 그 맑았던 서윤의 얼굴에 희미한 그림자가 깔렸다. 너무나 짙은 회색의 그림자였다. 해성은 커진 눈을 이리저리 굴렸다. 잘 못 됐다. 무언가 잘 못되었다. 해성은 꺼낸 말을 다시 주워 담고 싶었지만 너무 늦었다는 걸 알았다. 잠시 자리를 비웠던 여선생님이 빠르게 방으로 들어오자 아이들은 너나할 것 없이 자신 앞에 놓인 구멍이 난 곰돌이로 시선을 옮겼다. 그러나 해성은 그 순간을 기다린 듯 소리 나게 몸을 돌려 소란스런 방을 빠져나갔다. 해성은 자신의 이름을 외치는 선생님을 외면하며 그 좁은 방에서 빠져나왔다. 빠른 걸음으로 복도를 지나 신발장에 다다르자 아이들의 행복해 죽을 것 같은 웃음소리가 들려왔다. 해성은 초점 잃은 눈으로 신발을 신었다. 그리고 놀이터를 지나 어떻게 집까지 걸어왔는지는 기억이 나질 않았다. 그저 거대한 검은 색의 철문을 열어, 감기 때문에 학교에 가지 않은 것인지 또 새벽에 쓰러졌던 이유 탓인지. 마당에 앉아 책을 읽고 있는 해연의 곁으로 걸어가 눈물을 쏟아냈다. 해연은 놀란 눈으로 읽고 있던 책을 덮으며 평소보다 급한 걸음으로 해성에게 다가왔다.

"해성아. 왜 그래? 무슨 일이야?"

해연의 걱정 어린 얼굴을 마주하니 더한 후회가 마구 쏟아졌다. 해성은 그 많은 눈물을 쏟아내며 겨우 말했다.

"아빠랑 같이 안 사는 애더러 아빠도 없는 거라고 했어. 걔는 날 도와주려고 했을 뿐인데 그게 싫었어. 그냥 싫었을 뿐이야."

그렇게 말을 하곤 해성은 더 큰 울음을 터트렸다. 왜 싫었는지도 알 수 없었지만 왜 그렇게 심한 말을 했는지도 모르는 일이었다. 그게 화가 났다. 그런 자신이 너무 싫었다. 해성이 빨개진 얼굴로 계속해서 눈물을 터트리자 해연의 눈시울이 붉어졌다. 그리고 해연은 조용하게 물었다.

"미안하다고 했어?"

해성은 울음을 그치며 고개를 저었다. 해연은 아직도 눈물을 흘리고 있는 해성에게 가까이 다가갔다. 그리고는 가만히 해성의 얼굴을 바라보며 말했다.

"말해. 너의 마음을."

해성은 흐르는 눈물을 한 손으로 닦아냈다.

"……. 받아주지 않을 거야. 그런 거로는."

해연은 조용히 물었다.

"그러면 어떻게 해."

해연은 궁금했다. 해성의 생각이. 이렇게 울음을 터트릴 만큼 미안한 마음이 일어나고 나서야 든 해성의 생각이.

"그 여자애 곰돌이도 내가 망가트려버렸어 …. 곰돌이를 …. 아주 많이 사줄 거야."

해연은 작게 웃었다. 문득 그가 귀엽고 가여웠다.

"넌 마음을 어려워해."

어느 사이 울음을 그친 해성은 넌지시 해연의 미소를 바라봤다. 해연은 미소를 지우지 않으며 말을 이었다.

"마음이라는 게 퍼포먼스니? 진심은 그에 걸맞게 전하는 거야."

해성의 얼굴에 희미한 감정이 떠올랐다. 그것은 어떠한 기억을 되짚는 얼굴이었다. 이내 해성은 급한 아이처럼 굴었다.

"누나. 나 다시 가봐야 해."

해연은 작게 웃음을 터트리며 고개를 끄덕였다. 해성은 급한 걸음으로 유치원으로 향했다.

하늘유치원에는 얼마 없는 정적이 맴돌았다. 구멍이 난 곰돌이를 실로 매어주는 시간 속에서 모든 아이들이 즐거워하고 있을 때. 홀로 놀이터의 조그마한 벤츠에 앉아 햇살을 받으며 하늘을 바라보고 있는 서윤이 있었다.

불규칙적인 걸음으로 놀이터 안으로 들어선 해성이 벤츠에 앉아 있는 서윤을 발견하곤 우뚝 걸음을 멈춰 섰다. 혹시나 저 아이가 울고 있을까 걱정했지만 서윤은 울지 않았다. 다른 애들 앞에서 눈물을 보이지 않은 것인지 울지 않은 것인지는 알 수 없지만. 해성은 손에 땀을 쥔 채 천천히 서윤이 앉아 있는 벤츠로 걸어갔다. 해성의 인기척을 느낀 서윤은 하늘에 두었던 시선을 떼어내며 지그시 해성을 바라봤다. 해성은 느릿하게 서윤의 옆자리에 앉았다. 옆에 앉은 서윤의 머리칼이 곧 닿을 만큼 가까이에.

해성은 떨리는 입술을 떼어냈다.

"아빠가 줬던 벌 중에 가장 큰 벌이 있었어."

갑작스레 자신의 집안일을 꺼내는 해성을 서윤은 범상한 눈으로 가만히 바라봤다.

"침묵이었어. 더이상 성숙할 수 없도록 하는 벌."

해성은 문득 가슴이 뜨끈뜨끈 따가웠다. 누구에게 꺼내놓는 일은 처음 있는 일이었으니. 그러나 아랑곳하지 않은 채 말해갔다. 그럴 수가 있었다.

"같은 잘못을 반복했어. 똑같은 잘못을 반복하고도 그게 맞는 건줄 알면서. 그리고 아주 나중에 잘못인 걸 알고 아빠한테 물어봤어. 그때 왜 말을 안 해줬냐고."

서윤은 약간의 호기심 담긴 눈으로 해성을 바라봤다. 본질적이어서 어쩔 수 없이 날이 묻은 해성의 눈빛은 서윤의 눈과 마주치자 거짓말처럼 수그러들어 이내 고요함을 찾았다. 해성은 말을 이었다.

"스스로 알았을 때가 진심이라고 말을 안 해줬대."

서윤의 얼굴에 미묘한 감정이 떠올랐다. 해성은 가슴 안에 무언가를 아주 힘들게 꺼내든 것처럼 힘에 벅찬 숨을 내쉬며 다시 입을 열었다.

"미안해."

해성은 그렇게 말하곤 고개를 낮췄다. 서윤이 화를 낼 것 같지는 않았지만 사실 용기가 나지 않았다. 다 꺼내놓고도 용서를 바랠 수 없었다. 그런데 바람이 불어왔다. 시원한 바람이 불어왔다. 그리고 이내 서윤의 조용한 목소리가 들렸다.

"내 곰돌이 같이 감아 줘."

해성은 스르르 낮췄던 고개를 들어 서윤의 표정 없는 얼굴을 바라봤다. 그리고는 고개를 끄덕였다. 사과를 받아준다는 의미인지, 그저 네 잘못을 책임지라는 것인지 모르는 의미였지만. 해성은 어느 사이 스르르 희미한 미소를 지어냈다. 고마웠다.

늦은 밤. 침대 위에 해연과 수정이 나란히 앉아 서로의 어깨를 기댄 채 이야기를 하는 중이었다. 해연은 살짝 고개를 돌려 수정을 바라보면서 놀란 얼굴로 물었다.

"정말? …. 정말 느낄 수 있어?"

수정은 부드럽게 웃음 지었다.

"정말이야. 느낄 수도 있고 볼 수도 있지."

"육체가 없는 영혼을? 어떻게 …."

수정이 살짝 고개를 돌려 의문의 얼굴을 하는 해연을 보며 말했다.

"환상."

의문의 얼굴이었던 해연은 아직도 믿겨지지 않는다는 얼굴로 답했다.

"그게 …. 가능해?"

수정은 가벼운 웃음을 터트렸다.

"환상이란 건 놀랠만한 일은 아니지만, 마법 같은 일을 연결해주는 통로이기도 하니까 …. 그렇지 않을까?"

해연의 얼굴이 조금씩 밝아졌다. 환상을 체험해본 적은 없지만 환청이라고 할만한 '다정한 목소리'는 언제부터인가 들어왔다. 해연의 얼굴에는 어느덧 기분 좋은 일을 만날 사람처럼 편안해졌다. 영혼과의 교류, 환상이란 통로로, 정말 가능할 것 같았다.

"어렵게 생각하지 않아도 일반적으로 오래된 친구와는 눈빛만 봐도 서로의 생각을 알 수 있다고 하잖아. 어쩌면 우리는 일상생활에서도 서로의 영혼과 교감하는 것이 아닐까?"

수정의 물음에도 해연은 혼자만의 생각 속에서 고민하고 있었다. 이를 지켜보던 수정은 부드러운 목소리로 해연을 불렀다.

"해연아."

깊은 생각에 잠겨 있던 해연은 고개를 들어 수정의 얼굴을 바라봤다. 해연의 얼굴이 슬퍼졌다. 이상했다. 또 저 얼굴.

"엄마가 …. 해연이 많이 사랑해."

수정의 얼굴에는 환희와 슬픔이 동시에 드러나고 있었다. 해연은 조용히 그녀의 얼굴을 바라보다가 고개를 끄덕여줬다. 알고 싶지 않은 그 미안함에 고개를 끄덕여줬다.

모두가 깊은 잠에 들어있는 밤. 해연은 이유모를 인기척에 감고 있던 두 눈을 뜨고는 한 손으로 눈을 비볐다. 조금 열어놓은 창가에서 은근한 바람이 해연의 방으로 불어오고 있었다. 해연의 표정이 순간 미묘하게 굳었다. 수정이 없었다. '화장실을 갔을 텐데 ….' 해연은 열어놓은 창문으로 향해 느리게 걷던 걸음을 멈춰 고개를 기울였다. '근데 …. 왜 곁에 없는 것 같을까?' 그때. 열려있는 창문 너머로 자동차의 짧은 경적소리가 두 번 들려왔다. 해연은 이상함의 표정을 지으며 무심코 조금 열려진 창문으로 걸어갔다. 해연만한 크기의 검은색 가방을 끌며 대문을 열어 나가는 수정이 보였다. 해연은 놀랜 얼굴로 소리쳤다.

"엄마! 엄마!"

그러나 수정은 뒤를 돌지 않았다. 들리지 않는 것인지 들은 채 하지 않는 것인지. 해연은 재빠르게 몸을 돌려 자신의 방을 빠져나왔다. 거실을 지나, 현관으로 향하던 해연은 불안한 얼굴을 하며 신발을 신을 새도 없이 현관문을 열어 마당을 앞질러 뛰어나갔다. '엄마. 엄마.' 해연은 굳게 닫혀있는 크나큰 대문을 밀었다. 수정이 보이지 않았다. 그 순간 해연의 얼굴에 점점 많은 양의 눈물들이 쏟아져 내리기 시작했다. 해연은 작은 두 다리에 힘을 풀며 주저앉아 눈물을 쏟아냈다. 엉엉 울음이 터져 나오기 시작했다. 해연은 작은 손바닥으로 울음이 터져 나오는 입을 막았다. '해연아 사랑해, 사랑하고 있어.' 해연은 입술을 깨물며 눈물을 터트렸다. 떠날 것을 이미 준비하고 있었어. 아주 오래전부터 그건 아주 오래전부터 준비한 인사였어. 해연의 입에서 가는 신음 소리가 흘러나왔다. 이미 뜨거워진 가슴 안에서 무언가의 덩어리가 곧 터질 것 같았다. 주저앉아 있던 해연

은 순간 고개를 들어 울음이 뒤섞인 목소리로 고함을 지르기 시
작했다. 어린 소녀의 울음 섞인 악 소리는 좁은 공간속에서 멀
리 터져 나왔다. 멀리 멀리 닿을 수 있도록. 그렇게 닿아야만 하
도록.

"누나!"

해성은 잠옷 차림으로 주저앉아 눈물을 터트리는 해연에게
황급히 뛰어갔다.

"무슨 일이야 왜 여기서 …."

자세를 낮춰 앉은 해성은 순간적으로 말을 멈췄다. 눈물을 쏟
아내는 해연의 얼굴은 믿기지 않을 정도로 섬뜩했다.

"그거야 …. 그런 거 …. 그런 거 말이야 …."

해성은 흔들리는 눈으로 눈물이 범벅되어 중얼거리는 해연을
와락 안으며 말했다.

"무슨 일이야 …. 응? 무슨 일 …."

해성의 품에 안긴 채 초점 잃은 눈을 하는 해연의 입에서 진
한 조소가 흘러나왔다. 해연은 낮은 목소리로 중얼거렸다.

"늘 미안했던 거야."

먼지와 바람을 씻어주는 소나기가 내리는 오전. 떠남의 시간
이 바람처럼 지나가 오늘의 시간을 만들어 준지 열흘. 창문 앞
의자에 앉아 떨어지는 빗방울들을 바라보고 있던 해연은 중얼

거렸다.

"하느님도 슬프신 거야."

해연의 표정 없는 얼굴이 미묘하게 변했다. '엄마 하느님도 슬프면 눈물을 흘리시나봐.' 수정의 미소 짓는 얼굴이 하얗게 피어났다. '꼭 슬퍼야만 우는 걸까. 행복해도 눈물이 나오는 걸.' 해연은 웃음을 터트렸다.

지나간 잔상들의 잠겨있던 해연은 고개를 돌려 여전히 쏟아 지고 있는 빗줄기들을 바라봤다. 한 치의 망설임도 없이 바닥으로 떨어져 내리는 빗방울들은 꼭 떨어져야만 하는 것처럼 보였다. 꼭, 떨어지려고 내리는 것 같았다. 물기 젖은 해연의 고개는 어느새 비스듬히 기울어져 있었다. 눈물들이 떨어질 것 같았다. 꼭, 떨어지려고 내리는 빗방울처럼. 해연은 떨어지는 눈물을 외면하려 무심코 방안으로 스르르 고개를 돌렸다.

'환함' 온통 환한 빛이 공간속을 채웠다. 해연은 스르르 앉은 자리에서 일어났다. 눈이 부신 환함에 이끌려 앞으로 조금 걸어 나갔다. 빈 공간이 아닌 것 같았다. 마치, 앞에 누군가 어떠한 것이 있는 것 같았다. 보이지 않는 존재감을 느낄 수 있었다. 해연은 어느덧 평온한 얼굴로 앞으로 조금 더 걸어갔다. 지금의 순간을 해연은 알 것만 같았다. '환상'

열어놓은 창 밖에서 내리는 빗소리가 들려왔다. 해연은 자신이 여전히 자리에 앉아있다는 사실에 놀란 듯 자리에서 스르르 일어나 혼이 나간 얼굴로 얼마 지나지 않아 침대에 몸을 눕혔다. '나 방금 환상을 ….' 해연의 얼굴에서 희미한 미소가 그려졌다.

"만났어."

11장. 노란 우비를 입은 아이

눈에 보이는 것이 전부일 때가 있다.
느껴지는 것이 전부일 때가 있다.
어둠처럼.

쾌쾌한 냄새가 나는 좁은 공간으로 정신의 깊은 숨결이 비스
듬히 그을렸다. 생각처럼 어려운 일이 아니었다. 어둠은, 늘 군
림하는 태양이 대지를 보란 듯이 축복해주는 아침에도 정신에
게는 줄곧 찾아오고는 했으니까. 정신은 땀의 젖은 얼굴을 한
손으로 쓱 문질렀다. 어둠의 존재는 이상할 만치 가까운 곳에
있었다. 그 어느 공간 속에서도 홀연히 나타나곤 했다. 그곳은
한 번도 가 본적 없는 곳이 아니었다. 멀게만 느껴져 더이상 찾
아갈 수도 없는 유원지도 아니었다. 어둠은 언제나 존재했다.
내가 가는 그 어디에도, 내가 밟고 서 있는 그 어느 땅에서도 어

둠은 존재했다. 빠르게 흐르는 시간 속에서도 나 홀로 어둠속에서 분개했던 적이 있었다. 그래, 내게 어둠은 그런 것이었지. 분개(分介).

정신은 기침을 내뱉으며 웃음을 터트렸다. 인간이란 본연하게도 그리고 너무나 당연하게도 자신이 설 곳에서 어둠을 먼저 찾고는 한다. 어둠의 보호를 알고 있는 것이다. 지금처럼. 정신은 입에서 흘러나오는 웃음기를 손등으로 막아냈다. 그리고는 숙이고 있었던 고개를 스르르 들었다. 정신의 두 눈에는 흐릿한 물기로 가득했다. 그 어느 날, 그것이 어둠의 공간속에 잠겨 있던 것인지 어둠의 시간이었는지는 모를 날. 어둠 속에서 희미한 빛을 그러나 영롱하게 빛나는 존재를 만났다. 그것은 희망과는 다른 빛이었다. 희망이 인간에게 줄 수 있는 빛과는 차원이 다를 만큼 뚜렷했다. 그것은 희망이 아니었다. 무조건 적으로 따르게 되는 믿음도 아니었다. 그것은 단 한 번도 가본 적 없는 곳에 대한 소유였다. 그곳은 따뜻함이었다. 그것은, 단 한 번도 가져본 적 없는. 그토록 가져보고 싶었던 사랑이었다.

"그랬는데 …. 그거였는데 …."

정신의 흐릿한 눈에서 힘 잃은 눈물들이 주르륵 흘러내렸다. 그토록 원했던 빛은 가장 확실하게 알아보는 순간에 고개를 돌린다. 손을 내밀기도 이전에 자리를 떠난다.

"원하던 바로구나."

정신은 눈물 젖은 얼굴을 손바닥으로 쓱 닦아내고는 자리에서 일어나 휘청거리는 몸을 침대 위에 앉혔다. 어둠이 인간에게 바라는 것은 그리 많지 않다. 목숨을 빼앗아 가는 것도 아니다. 절망하는 것. 바닥까지 떨어져 여기 이렇게 시궁창에 뒹구는 것. 더 이상 오르지도 못할 마음으로 더 깊은 어둠을 기다리는 것. 추락. 인간이 어둠을 두려워하는 것도 그 이유이다. 인간의 영혼을 추락시키는 일을 할 수 있는 것은 어둠이 유일하니까. 영혼의 추락. 그것이, 어둠이 할 수 있는 유일한 일이기도 하지.

정신은 편안하게 몸을 눕혔다. 흘러내리는 눈물을 닦아 내지도 않고 그저 가볍게 웃음기 배인 얼굴을 그대로 두면서 속삭였다.

"이게 …. 네가 할 수 있는 유일한 일이지."

정신의 얼굴에 점점 많은 양의 눈물들이 흘러내렸다. 정신은 음울한 눈으로 힘 잃은 고개를 천천히 숙이며 긴 숨을 내쉬었다.

정신카페에서 업무를 보던 여자의 이름은 김은정. 갑작스레 몇 주 째 결근하는 정신 때문에 상담환자를 받을 수 없는 카페를 홀로 지키고 앉아 있는 은정은 테이블 위에 올려놓은 한 쪽 팔에 턱을 받치고는 낮은 한숨을 내뱉었다. 제 멋대로, 그것도 몇 주째 예고도 없는 결근이란 말이야. 작년에도 비슷한 일이

두어 번 있었던 지라 정신의 통보 없는 부재가 그렇게 당황스러운 부재는 아니었지만. 이번에는 좀 심한 거 아니야? 은정은 머리털이 뽑힐 정도로 마구 머리를 헝클어댔다. 그리고는 고개를 돌려 이미 손에 쥐고 있는 리모컨으로 TV를 켰다. 이 기나긴 무료함을 달래줄 녀석을 미리 정신카페에 사놓은 것이 문득 자랑스러워지기까지 했다. TV 화면에는 현시대의 이슈거리를 토론하는 방송이 진행 중이었다. 은정의 두 눈을 사로잡을 만한 이슈였다.

"그런데 신 기자, 그 사실이 정말인가요? 우주의 법칙이란 것이 실제로 입증이 되었다는 건가요?"

"네. 우주의 법칙이란 것이 다소 과학적인 이론처럼 일반인들에게 딱딱하게 다가올 수 있는 것이 사실이지만. 실제는 그렇지 않습니다. 끌어당김의 법칙. 결국은 비슷한 것끼리 끌어당긴다는 아주 간단한 논리로 쉽게 이해할 수 있으니까요."

"끌어당김의 법칙이요?"

은정은 호기심 어린 눈으로 볼륨을 높였다.

"네. 끌어당김의 법칙이란 쉽게 설명을 하자면 마음의 소리라는 것입니다. 우리는 무슨 중대한 일을 앞둘 때마다 '모든 것은 마음먹기 나름이다'라는 말을 생각하곤 합니다. 끌어당김의 법칙이란 우리들의 마음이 만들어낸 생각에 반응하여 우리들 앞에 나타난다는 말과 같은데요. 예를 들어 …."

"옛 말에서 말이 씨가 된다는 속담처럼 요?"

"(웃음) 네 비슷합니다. 우리는 말을 하기 전에 생각을 합니다. 생각을 하기 전에는 어떠한 마음이 있죠. 그러니까 가장 중요한 첫 번째는 마음이 아닐까요? 마음의 소리 말이에요."

은정은 시무룩한 얼굴로 TV를 껐다.

마음의 소리라던가, 생각의 파워라던가. 뭐 그런 이야기는 책으로 이미 다 접한 내용이었다. 새로운 사실이 있다면 이렇게 대중문화를 토론하는 방송에서 다룬다는 사실이었지만. 은정은 팔짱을 끼고는 생각에 잠겼다. '생각은 자기(磁氣) 신호를 전송하여 비슷한 것이 되돌아오게 끌어당긴다. - 조 바이텔리 박사.'의 말이나 그밖에 많은 사람들이 증언하듯 그리고 또 이야기하는 론다 번의 시크릿 책에서도 '끌어당김의 법칙'을 이미 본 적이 있다. 그리고 실제로 그것을 실행의 옮겨 결과를 확인한 적도 있었다. 은정은 낮은 한숨을 내쉬었다.

그러면 뭐해. 이 지루한 일상에 로맨스나 운명적인 사랑이 도저히 나타나지 않는데 말이야. 은정은 시무룩한 얼굴로 곰곰이 생각에 빠져 있다가 화들짝 놀라며 고개를 들어 중얼 거렸다.

"아니지. 엄청난 로맨스를 생각하자. 생각하고 또 생각하자."

"은정 씨. 미안해요."

은정은 갑작스레 들려오는 정신의 목소리에 화들짝 놀라며 자리에서 일어나 뒤를 돌아섰다.

"선생님 왜 이제 와요! 제가 얼마나 기다렸는지 알아요? 저번 주도 이번 주도 내가 환자들 볼 면목이 없다니까 ….."

은정은 수척한 정신의 몰골을 훑어보며 말을 멈췄다.

"……. 어디 안 좋으세요?"

정신은 힘 잃은 얼굴로 고개를 저었다.

"다시 가봐야 해요. 미안해요 은정 씨. 먼저 연락을 했어야 하는데."

"네? 그러면 카페는 어떻게 하구요 …."

몰골이 되었을 자신을 유심 있게 바라보며 약간 걱정 어린 눈으로 말을 얼버무리는 은정을 바라보고는 정신은 미안한 기색이 깃든 미소를 지으며 말했다.

"오늘까지만 부탁할게요. 오늘만."

정신은 말을 뱉고는 힘없이 뒤를 돌아 문을 열고 나간다. 은정은 정신이 나가기까지 기다렸다가 도로 의자 위에 풀썩 주저앉으며 중얼거렸다.

"여기까지 행차해주셔서 고맙다. 아주."

그리고 은정의 얼굴에는 아직까지 떠오르는 걱정의 기운이 맴돌고 있었다.

해가 고개를 숙이고 있는 오후. 정신카페를 나와, 하염없이 걸음을 멈추지 않던 정신은 가까이 보이는 조그마한 놀이터로 발걸음을 옮겨 적당한 벤츠에 앉았다. 들려오는 것은 아이들의 웃음소리와 적당하게 불어오는 바람소리뿐이었다. 그게 마음에 들었다.

"이제 가봐야 해. 너 몇 번 타?"

열 몇 살쯤으로 보이는 아이들이 집으로 들어가야 할 시간이 되었는지 서로 서로 귀여운 투정을 부리는 중이었다. 그런데 그 중 조용히 혼자 말수를 아끼던 여자 아이는 아쉬운 표정을 했다.

"나 무서운 이야기 남았는데."

아이들은 여자 아이의 말이 호기심을 꽤나 자극했는지 집에 가려던 몸을 낮춰 여자 아이를 부추겼다. 여자 아이는 만족스럽다는 듯이 작게 미소 짓고는 이야기를 시작하려는 듯 목소리를 낮췄다.

"조금 오래 전에 우리 학교에 성가대 있었던 거 알고 있어?"

아이들은 여자 아이의 담담하게 묻는 말에 동의하는 듯 고개를 끄덕였다.

"성가대는 토요일마다 빈 음악실에서 연습을 했대. 그날은 비가 아주 많이 내리는 오후였는데 음악 선생님이 자리를 비우고 애들한테 40분의 쉬는 시간을 준거야."

"40분이나?"

큰 눈을 하곤 놀랜 기색과 약간의 두려움을 입은 채 묻는 아이들을 향해 여자 아이는 고개를 끄덕였다.

"애들은 신이 나서 각자 놀던 아이들끼리 모여서 놀기 바빴는데 성가대에서도 왕따가 있잖아. 우리 반 민수처럼."

겁에 질린 아이들은 이구동성 입을 모았다.

"걔 죽었잖아 …."

여자 아이는 슬픈 눈으로 고개를 끄덕였다.

"그런데 성가대에서도 민수처럼 왕따가 있었어. 이름이 소이였대."

아이들은 꿀꺽 침을 삼키고는 더 이상 입을 열지 않았다.

"소이는 혼자 쭈그려서 음악실 나무 바닥에 앉아 있었어. 누구 하나 소이에게 말을 거는 애는 없었지. 소이도 누구에게 말을 붙이지 않았어. 그렇게 혼자 무릎을 끌어안고 고개를 숙이고 있다가 무심코 고개를 들었대. 그런데 소이와 비슷한 아이가 소이 앞에 앉아서 소이를 넌지시 쳐다보고 있는 거야. 소이는 모르는 아이가 자기를 쳐다보고 있다는 사실이 무서웠어. 그보다 처음 보는 얼굴이었거든."

말을 멈춘 여자 아이는 무릎을 끌어안으며 말을 이었다.

"그 아이는 소이를 지긋이 바라본다 싶더니, 점점 느릿하게 고개를 오른 쪽으로 왼 쪽으로 왔다 갔다 흔들었어. 소이는 흠칫 했어. 아이는 표정 없는 얼굴로 머리를 흔드는 것을 반복했어. 그리곤 아이가 조그마하게 말을 하는 거야. 소이는 잘 보이지 않는 아이의 입모양 때문에 고개를 내밀었어. 그 아이는 다가오는 소이를 쳐다보면서 더 머리를 흔들어대면서 말했어."

"너 나 보여?"

아이들은 기겁을 하며 소리를 질러댔다. 여자 아이는 꺄르르르 터지는 웃음을 작은 손으로 가리며 얼굴을 숙인다.

그런데 빗방울이 떨어지기 시작했다. 하나 둘 떨어지는 빗방울은 점차 많은 양의 빗줄기가 되어 내리기 시작했다. 아이들은 미리 집에서 챙겨온 우산을 들고는 자리에서 일어난다. 정신은 얼굴에 묻은 빗물을 닦으며 자리에서 일어났다. 그런데 정신의 존재를 알았는지, 우산을 펴는 친구들과는 달리 홀로 우비를 입던 여자 아이는 비를 맞고 서 있는 정신을 넌지시 바라보더니 정신에게 다가왔다. 여자 아이의 얼굴에는 조금 의심이 묻어있었다.

"우산 없어요?"

정신은 노란 색 우비를 입은 채 말을 하는 여자 아이에게 고개를 끄덕여 보였다. 여자 아이는 낯선 이에 대한 두려움은 어느새 사라진 듯 우비의 가려져 있던 작은 가방에서 천천히 파란 우산을 빼어내며 정신에게 내밀었다.

"돌려주지 않아도 돼요."

정신의 힘없는 얼굴에 희미한 미소가 그려졌다. 정신은 받아든 파란 우산을 펴고는 아직도 정신의 앞을 지키고 서 있는 여자 아이를 보며 말했다.

"……. 할 말 있니?"

여자 아이의 고개가 살짝 기울여졌다.

"아이들은 순수해서 나쁜 사람인지 좋은 사람인지 느낄 수 있어요."

정신은 미소 지으며 대답을 하지 않았다. 여자 아이는 만족스럽다는 듯 미소 지으며 입을 연다.

"우산 꼭 써요. 행운을 주는 우산이거든요."

여자 아이는 미소를 그린 채로 뒤를 돌아 천천히 놀이터를 빠져나갔다. 정신은 쏟아지는 빗소리와 여자 아이의 목소리가 무척 잘 어울린다고 생각하며 뒤를 돌아 걸어갔다. 우산에 부딪치는 빗방울들은 어느새 짙어진 파란 하늘과도 제법 잘 어울리는 소리를 만들어냈다. 정신의 입가에 희미한 미소가 그려졌다. 그런데 그 순간. 정신은 우뚝 걸음을 멈춰 섰다. '파란 우산.'

12장. 모든 순간의 선택을 진실하게 마음 쓰는 것

바이오센트리즘(Biocentrism) 죽음은 존재하지 않는다.
- 로버트 란자(Robert Lanza) 2007.

수많은 빗줄기가 파란 우산으로 떨어져 내렸다. 정신은 조금 흔들리는 눈으로 파란 우산의 손잡이를 쥔 손에 힘을 주었다.

"영혼은 소멸하지 않는대요."

정신은 고개를 돌렸다. 여자 아이였다.

"민수의 몸은 땅 속에 묻혀서 그 위에 사과나무가 심어졌지만 민수의 영혼은 여기 어딘가에 있는 걸까요?"

여자 아이는 슬픈 얼굴로 말했다. 정신은 고개를 조금 낮췄다.

"양자물리학과 다중우주이론을 배울 나이는 아닌 것 같은데

…. 누가 해준 이야기니?"

여자 아이는 작게 미소 지었다.

"불멸이라는 것은 시간 속에서 끝이 없이 영원히 존재한다는 의미 보다는 시간 밖에서 함께 거주한다는 것을 뜻한다. 죽음은 우리가 생각하는 것처럼 끝이 아니며 영혼이라고 볼 수 있는 에너지가 시공을 초월하여 어느 곳에서인가 존재한다."

여자 아이는 정신을 바라보며 말을 이었다.

"로버트 란자 박사를 좋아해요."

정신은 천천히 시선을 바닥으로 두었다가 다시 여자 아이를 바라보며 말했다.

"왜 …. 나에게 이렇게 대단한 이야기를 해주는 거니?"

여자 아이는 잠시 생각의 잠기는 얼굴이었다. 그리고는 비스듬히 미소 짓는다.

"모르겠어요. 해주고 싶었어요."

여자 아이는 살짝 고개를 숙이고는 뒤를 돌아 걸어갔다.

정신은 의아한 눈으로 노란 우비를 입은 여자 아이의 뒷모습을 바라봤다. 그리고는 고개를 조금 들어 파란 우산 밖으로 떨어져 내리는 빗방울들을 바라보며 중얼거렸다.

"……. 정말 행운을 주었구나."

정신의 입가에 비스듬한 미소가 걸렸다. 시공간 차원에서의 존재는 의미가 없는 것일까. 사랑은, 그를 이어줄 수 있는 가장

논리적인 근거가 아닐까. 정신은 막연하게 희미한 미소를 지어
냈다.

 다시 봄의 햇살을 맞이하듯 문을 연 정신카페. 토요일에는 정
신카페의 손님이 적어도 은정을 출근시키던 정신은 무슨 이유
에서인지 은정도 없이 홀로 바쁜 진료를 보겠노라 문을 열었다.
끌어당김의 법칙으로 세상이 시끌벅적한 후로 그 열기가 가시
지 않은 채 덕분에 토요일이지만 꽤 많은 사람들이 정신카페를
찾았다. 정신의 상담실에서 더운 땀을 흘리는 한 남자의 울먹임
이 퍼져가고 있었다.
 "또 다른 사랑이 있을까요?"
 정신은 난처한 얼굴을 하고는 머리를 긁적이었다.
 "더 좋은 인연은 얼마든지 많습니다."
 남자는 울먹거렸다.
 "요즘 방송에서도 개그 프로그램에서도 주파수 이야기를 하
던데. 난 그녀를 정말 사랑해요. 그런데 왜 만나지질 않는 겁니
까? 그녀와 나의 주파수가 다르다는 말입니까? 그녀는 나와 다
른 마음이라는 뭐 그런 겁니까?"
 정신은 웃음을 터트렸다.
 "직접 물어 보세요."
 남자는 당황스런 얼굴로 뒷목을 쓰다듬으며 진지한 얼굴로

물었다.

"……. 마음이 바뀐 걸까요?"

정신은 남자의 바보 같은 질문에 직접 화살을 날려줄까 싶었지만 넘어가기로 했다. 사랑은 누구에게나 비완전한, 그것은 비관적인 것이기도 하니까.

"그럴 수도 있겠네요. 아니면 …."

남자는 몸을 앞으로 숙였다.

"아니면?"

"주파수가 다르나 봐요."

말을 뱉고는 작은 웃음을 터트리는 정신을 해괴한 눈으로 바라보던 남자는 자리에서 벌떡 일어나 상담실을 빠져나갔다. 정신은 아직도 가시지 않는 웃음을 겨우 참아내면서 고개를 돌려 창가 너머의 햇살을 바라봤다. 정신의 얼굴은 무언가를 기다리는 이의 얼굴이었다. 그도 아니면 누군가를 기다리는 얼굴이던지.

유난히 걱정을 안고 사는 사람들이 찾아와 자신들의 걱정거리를 풀어놓고 자신들의 걱정거리 속에서 스스로 답을 찾아내고 때로는 걱정만이 존재하는 걱정 앞에 웃음 짓던 상담시간이 모두 다 끝이 나고 무언가의 기대가 느릿하게 고개 숙이는 오후. 초연해진 마음과는 달리 유난히 이끌리는 마음에서인지 정신카페의 문을 닫고 나온 정신은 늦은 밤거리를 걷기로 미리 다

짐이라도 한 사람처럼 무작정 좁은 골목길을 걸어갔다. 해연과 거닐던 그 골목길이었다. 정신의 입가에 희미한 미소가 그려졌다. 해연의 그 조곤조곤하던 목소리가 생각났다. 그녀의 옷깃에 닿을 듯 말 듯했던 자신의 숨결도 정신은 전부 다 기억하고 있었다. 한때는 인간이란 자신에게 가장 편리한 쪽으로 믿고 생각하는 버릇이 있어, 그녀를 향했던 그 시간들의 내 눈빛과 나의 가슴 안에서부터 차오르는 감정을 방관해버린 적이 있었다. 그러나 지금은 알고 있다. 이해할 수 없는 감정이기에 방관을 선택했다는 것을. 그녀에게 있어 사랑이란 어떤 것인지 모르나 나에게 있어 사랑이란 실은 아주 불편한 것이니까. 정신의 두 눈에 슬픈 물기가 차올랐다. 사실은 순수했다고 말할 수 있는 것은 없다. 모든 순간마다 나에게 편리한 선택을 했었으니까. 서로에게 가장 중요했던 순간들을 그렇게 방관하는 것으로. 사랑은 순수라고 생각했다. 그저 그녀의 웃음과 그녀의 눈빛을 좋아하면 순수한 것이라고 생각했다. 그리고 그렇게 되돌아오듯 그녀도 그렇겠지. 하지만 사랑은 순수가 아니었다. 모든 순간의 선택을 진실하게 마음 쓰는 것. 그게 사랑이란 것을 이제야 알았다. 다시는 볼 수 없는 이 순간에. 정신은 문득 웃음이 나왔다. 함께 있었던 순간들 속에서 진실했던 적이 있었나 생각해봤다. 그저 마음으로만 그녀를 대했었나. 그것이 진실이었나. 정신은 고개를 가볍게 휘저으며 저 앞에 보이는 골목길에 시선을 던졌다. 이제라도 곁에 붙잡아 두고 많은 이야기를 나누고 싶었다. 그저 나의 목소리에 귀 기울이고 그녀의 목소리에 귀를 기울이면서 그렇게 경청하면서. 그렇게, 곁에 있으면서.

홀로 골목길을 거닐며 평소에는 할 수 없던 생각들로 한참을 헤매던 정신은 아스팔트 바닥 위를 드문드문 비추는 가로등 불빛을 지나치며 슬픈 미소를 자아냈다. 그때. 하나 둘 차가운 빗방울들이 정신의 머리 위에 떨어져 내렸다. 정신은 미묘하게 놀란 얼굴로 느릿하게 걸음을 멈춰 고개를 들어 올렸다. 하나 둘 떨어지는 빗방울들은 점점 많은 양의 빗줄기가 되어 정신의 무엇에 대한 분명한 기대가 깃든 미소 위에 내려앉았다.

기나긴 소나기가 시작된 것이었다.

13장. 그저 그 문을 열었을 뿐

우주에 맡기고 나면, 찾아오는 결과에 놀라서 눈을 뜨지 못할 것이다.
그때가 바로 마법과 기적이 일어나는 순간이다.
- 조 바이텔리 박사.

환상에 대한 이야기가 있다면 그것은 아마도 어떠한 눈부심을 이야기 하는 것이다. 세상에서 가장 어려운 일은 무언가를 지키는 것이 아니라, 그 무언가를 버리는 일. 고통의 신에서 벗어나 자유를 만끽하는 일. 색색의 빛들이 시야 가득 넘쳐서 환의를 맛보며 웃을 수 있는 일. 환상, 그것은 곧 자유로워지는 일.

정신은 평온한 얼굴로 인적 없는 환한 길을 천천히 걸어갔다. 아무도 그 무엇도 없는 오로지 '환함'만이 있는 곳. 정신은 조금 고개를 들어 희미하게 휘날리는 새하얀 먼지들을 바라봤다. 기나길게 휘날리는 슬픔들은 떨어질 순간을 아는 것처럼 조용한 흔적을 휘날렸다. 어느새 먼지가 되어 땅 위에 앉으면 그 마저도 바람에 휘날리겠지. 정신은 희미한 미소를 지으며 새하얀 먼지들이 휘날리는 곳을 지나갔다. 정신은 고개를 조금 들어 올려 앞을 바라봤다. 공간속의 빛들이 마치 계단의 모양처럼 순서 없이 땅 위를 비추고 있는 그곳에 해연이 있었다.

정신은 환하게 웃으며 조용히 미소 짓고 있는 해연의 곁으로 걸어갔다. 해연은 땅 위에 균열이 어긋나 있는 빛들을 바라보다가 고개를 들어 환한 미소를 그리는 정신을 마주봤다. 어느 사이 해연의 곁에 다다른 정신의 입가는 더욱 진해졌다.

"이곳에서 당신을 만날 줄은 몰랐어요."

해연은 행복한 얼굴을 하고는 말했다.

"정말 좋은 곳이에요."

해연은 그렇게 말하곤 다시금 미소 짓는다. 정신의 부드럽게 미소 짓는 얼굴과 해연의 밝게 웃는 얼굴이 서로를 향했다. 그저 존재하는 건 '공간'이라고 생각하는 '곳'에서 공중에 휘날리고 있는 새하얀 먼지들을 등지고 정신과 해연은 서로를 향해 눈부신 미소를 그려냈다. 그리고 그때. 평온하게 미소 짓는 정신의 얼굴이 미묘하게 균형을 잃었다. '이건, 꿈'

촤악 거리는 소리를 내며 많은 양의 빗줄기가 쏟아져 내렸다. 밤비가 쏟아지는 골목길 한 가운데 정신이 있었다. 정신은 커진 눈으로 주위를 두리번거렸다. 가로등 불빛이 비춰주지 않는 곳에서 정신은 혼란스런 얼굴로 내리는 비를 맞으며 휘청거리는 몸을 벽에 기대었다. '방금 그건 뭐지?' 정신은 비에 젖은 경직된 얼굴을 두 손으로 가려냈다. 해연을 만났어. 그런데 꿈일 수가 없다. 적어도 그녀를 두고 꿈인지 현실인지 구분 못하는 짓은 하지 않는다. 아니, 할 수가 없지. 쏟아지는 빗줄기들이 아스팔트 바닥 위에 몸을 던졌다. 어둠속에서 홀로 분개하고 있던 정신은 아직도 흔들리는 눈을 하며 벽에 기댄 몸을 바로 했다. 그렇다면 그건 무엇이었을까. 눈앞에서 닿아지던 그녀는, 그렇게 미칠 듯이 생생했던 그 시간속의 나는. 무엇이었단 말인가. 정신의 허망한 표정을 하는 얼굴에서 빗물인지 눈물인지 모를 것들이 흘러져 내렸다.

일요일로 넘어가는 토요일의 밤 비속에서 말이다.

정신은 누가 따라오는 것도 아닌데 허겁지겁 현관문을 닫고는 신발을 벗을 새도 없이 책상으로 다가가 서랍을 열어 메모지 몇 장을 집어 들고는 펜을 잡았다. '해연을 처음 본 날은 토요일 밤. 일요일로 넘어가는 새벽1시 쯤.' '해연을 두 번째로 본 날은 11층 호텔 복도. 일요일로 넘어가는 토요일 자정시간.' 메모지를 넘기는 정신의 손놀림이 빨라졌다. '해연이 찾아온 날. 일요일로 넘어가는 토요일 밤.' 이내 글씨를 쓰던 정신의 손이 멈췄다. '해연이 죽은 날, 일요일.' 정신은 펜을 내려놓고 놀란 얼굴을 손바닥으로 가려냈다. 일요일로 넘어가는 날마다 그녀를 봤다. 뜻 모르게 찾아왔던 환자로는 보이지 않던 여자와 남학생은 연결고리가 사실상 없었다. 정신의 입에서 가벼운 희열이 흘러나왔다. 해연은 귀신이 아니다. 그들의 존재와는 상관없다. 정신은 고개를 들었다. "그저 그 문을 열었을 뿐." 무당이 했던 말이 사실이었다. 그저, 그 문을 열었을 뿐이다. 정신은 자리에서 일어나 바지 주머니에서 휴대폰을 꺼내 통화를 연결시켰다. 무언가의 감정이 아주 그럴싸하게 가슴 안에서부터 차오르고 있었다.

"이 새벽에 왜? 네 전화만 받으면 열나."

경진의 이죽거림이 이렇게 반갑게 들린 적이 있었을까. 정신은 부풀어진 가슴을 한 손으로 부여잡고는 말했다.

"네가 해연 씨 어떻게 아냐고 물었어. 기억할지는 모르지만."

경진의 시큰둥했던 목소리가 반감을 내새웠다.

"근데."

정신은 부여잡고 있는 가슴에 힘을 주었다.

"가을이었어. 10주 안됐어."

수화기 너머로 약간의 정적이 흘렀다. 정신은 말을 이었다.

"이게 어떻게 설명해야 하는 건지는 모르겠는데 …. 내 마음이 시작되려고 할 때 그녀가 사라졌어. 난 너한테 전화를 받았고 그날 처음으로 대백병원에서 해연 씨가 10주 동안 있었다는 걸 알았어."

수화기 너머로 경진의 미묘한 당황이 느껴졌다.

"너 지금 무슨 말을 …. 잠들어있는 해연 씨를 만났고 게다가 사랑했다는 거냐? 너 지금 …."

정신은 이미 예상한 듯 언성을 낮췄다.

"그때가 처음이 아니야. 아주 오래전에도 만났어, 우리."

어떠한 장담을 하는 듯이 뱉어놓고도 의미심장하게 맴도는 말이었다. '우리' 하지만 수화기 너머에서는 서늘한 정적이 흐르고 있었다. 쓸 때 없는 짓은 하지 않는 정신의 둘도 없는 친구였다. 그 누구보다 쓸 때 없는 말을 하지 않는다는 것을 아는 사람이었다.

"그래 …. 잠들어 있는 해연 씨가 육체이탈을 해서 널 만났다고 치자. 아주 오래전에도 서로 만났다고 치자고. 그런데 지금은 육체이탈도 하지 못해, 해연 씨. 왜인지는 네가 알고."

날카로운 회의가 담긴 물음이었다. 그래서인지 쉽게 가라앉아버렸다. 정신의 가슴 안에 차오르는 어떠한 부푼 마음이. 정신은 가슴 위에 올려놓았던 손을 스르르 내렸다.

"오늘도 봤어."

경진의 날선 숨소리가 짧게 전해졌다.

"네가 귀신 본다고 자랑 하냐, 지금?"

정신의 입가의 비릿한 미소가 번졌다. 문득, 지난 날 자신이 그 어떠한 것에 불신하고 관조하던 버릇이 떠올랐다. 입안이 비릿함으로 채워졌다.

"이런 순간이 오네. 그 누가 믿지 못하는 걸 믿어주길 바라는 순간이."

정신은 고개를 낮춰 웃음을 그렸다. 불신이라는 것을 거꾸로 하나의 믿음으로 삼았던 자신이 그려졌다. 신물이 났다. 수화기 너머에서는 침묵을 지켰다. 아마, 어떠한 말을 해줄지 찾고 있는 것이겠지. 정신이 고등학교 때 짧게 앓았던 광증을 옆에서 지켜보고도 그를 무서워하거나 크게 이상하다고 여기지 않았던 이였다. 그렇게 넉넉한 이였다. 그리고 아마 그쯤으로 생각하겠지.

"우리 아버지 생각나네."

그러나 세월이라는 두터움 속에서도 경진은 넉넉한 이였다.

"아버지 보내드리고 한참 뒤에도 길가에서 아버지랑 똑같은 모양으로 굽은 등을 하고 있는 아저씨 뒤를 쫓아가고 그랬어. 우리 아버지인줄 알고. 아마 …. 그런 거일 거야, 네가 본 해연 씨."

정신은 기울었던 고개를 바로 하며 어쩔 수 없다는 듯 도로 고래를 절레 저었다. 그러나 정신의 두 눈은 달랐다. 그건 정말 어쩔 수 없는 일이니.

"너 다중우주이론 관심 있었잖아. 좋아했었지. 아니 …. 우리라고 해야 하나?"

또 다시 번져오는 침묵에 정신은 그 푸르른 눈으로 말을 이었다.

"세상에는 어쩔 수 없는 게 있다. 어쩌면 삶과 죽음보다."

버릇처럼 경진의 목소리가 뒤를 이었다.

"어쩔 수 없음이 우주의 법칙이지. 근데 이 자식이 …."

정신은 그 밝았던 순간의 소년처럼 작게 웃음을 터트렸다. 뒤를 이어 어두운 바람을 그냥 지나보내듯 경진의 허탈한 웃음이 수화기너머로 들려왔다.

세상에 살아가며, 오래된 순간에 밝음을 기억하고 웃음을 터트리는 이들의 얼굴은 조금 바래져있었지만 그러므로 태양의 눈길을 사로잡았다. 더 따뜻할 수 있도록.

14장. 49일의 토요일

나의 방 너머에는
신비한 나무가 있었다.
향기 좋은 꽃도 있었다.
그리고 네가 있었다.

태양은 자랑스레 고개를 내밀며 대지를 축복하고 만물에게 생명의 빛을 내뿜었다. 그러나 자신의 침대에 누워 얼굴에 그늘을 그린 채 생각에 잠긴 정신에게는 달랐다. 정신은 그날 밤의 소나기를 잊지 못했다. 정확히 말하면 그날 밤에 '환함'을 잊지 못했다. 무늬 없는 배게 속에 얼굴을 묻고 있던 정신은 고개를 돌려 자세를 바로 했다.

그녀의 영혼은 어떻게 해야만 볼 수 있는 것일까. 일요일로 넘어가는 토요일 밤이라고 볼 수 있는 것도 아니고. 정신은 복잡해진 얼굴을 베개 속으로 밀어 넣었다. 당연히 영혼이 있겠

지. 그렇다고 해서 그날의 해연이 해연의 영혼이라는 근거가 될
수는 없지. 그러면 꿈일까. 정말, 꿈이면 말이 될까. 그럴수록
말이 될 리가. 적어도 비가 내리는 밤 골목길에서 꿈을 꾸고 있
을 만큼의 정신이 나가있는 것은 아니었다.

"그러면 그건 ….."

중얼거리는 정신의 얼굴에 미묘한 감정이 꿈틀거렸다. 그리
고 그때 정신의 휴대폰이 울렸다. 정신은 곁에 둔 휴대폰을 들
었다.

"정신아 너 오늘 오냐?"

뜬금없는 경진의 물음을 듣고는 정신은 누운 몸을 일으켰다.

"어딜?"

수화기 너머로 경진의 짧은 침묵이 이어지고 곧이어 조금 낮
은 경진의 숨결이 들려왔다.

"오늘이 해연 누님 49재잖아, 알고 있으라고."

정신의 초점 없는 두 눈이 바닥으로 시선을 떨어트렸다.

"대백병원 앞에 와서 나한테 전화해. 그럼 끊는다."

정신은 혼이 나간 얼굴을 들고 경진을 불러 세웠다.

"경진아."

털털한 경진의 숨소리가 전해졌다. 미리부터 걱정을 챙기는
경진의 버릇이었다.

"왜. 뭐."

정신은 시선을 바닥에 내려놓았다.

"……. 영혼을 봤어, 내가."

수화기 너머로 미리 준비해놓은 듯 내뱉어지는 경진의 한숨이 전해졌다.

"그래서 뭐? 네가 봤다는 영혼이 가는 날이야, 오늘이. 너 언제까지 영혼 타령하고 있을래? 죽은 사람 편하게 가라고 빌어주지는 못할망정 왜 말도 안 되는 거 붙들고 있는 거냐고? 다중 우주이론이고 뭐고 죽은 사람이 살아서 돌아온다고 하디? 이론적으로 밝혀진 것도 없을뿐더러 있을 수도 없다고, 너 몰라? 해연 씨가 죽은 지 49일 째라고 오늘이!"

경진의 봇물 터지듯 술술 흘러나오는 질타가 들려왔다. 정신은 마른 입술을 깨물었다. 해연이 죽은 지, 49일.

"병원 앞에서 전화하라고. 개 풀 뜯어먹는 소리 말고."

화를 억누르는 경진의 목소리가 정신의 귀에 때려 박혔다.

정신은 느린 손짓으로 통화가 끊어진 휴대폰을 내려놓으며 그늘진 얼굴을 스르르 들었다. 해연이 떠난 지 벌써 49일이었다. 정신은 천천히 몸을 낮춰 배게 속에 얼굴을 파묻었다. 49일이라는 시간을 보내왔는지도 몰랐다. 그렇게 미친 듯이 죽은 해연을 만나려고 49일을 헤매였으니. 정신의 슬픈 두 눈에서 흐릿한 물기가 차올랐다. 결국은 당신이 가는 날이 왔다. 당신을 보내줘야 할까, 나는. 정신은 흐르는 눈물을 감추려는 듯 느리게 얼굴을 돌려 베게의 부드러운 감촉 속으로 파묻었다.

밝은 해가 느릿하게 고개를 숙이는 오후. 육체가 죽은 영혼이 다른 곳으로 옮겨가는 49일의 토요일. 검은색 정장 차림으로 정신은 신호등 앞에서 넋을 잃은 채 신호를 기다리고 있었다. 정신은 이제 막 들어온 초록 불을 바라보면서 걸음을 떼어냈다. 한 발 한 발 걸음을 옮길 때마다 정신은 알 수 있었다. 이제 자신 앞에 닥쳐온 무언가를 인정해야한다는 사실을. 정신의 두 눈에 푸르른 회의가 그려졌다. 인정하는 일은 그리 어렵지 않다. 꿈에서 깨어나지 않아도 꿈속에서 꿈인 것을 아는 것처럼. 때때로 찾아오는 어둠이 반가운 것처럼. 어쩌면 어둠이 찾아왔던 순간들보다 당신으로 인해 어두웠던 순간들이 많았을지도 모른다. 나조차 믿어지지 않았던 순간들은 당신과 함께 나에게로 왔다. 당신을 만나 어둠이 사라지고 당신이 사라지자 다시 어둠이 찾아왔다. 나의 어둠을 유일하게 사라지게 했다. 당신이란 존재 하나만으로.

정신은 멍한 얼굴로 느린 걸음을 계속했다. 그런데 그때. 갑작스레 번져온 정신의 앞에 펼쳐진 '환함'으로 정신은 눈을 찡그리며 한 손을 머리 위로 들어올렸다. 그리고 정신의 얼굴에는 어떠한 경험을 아는 이와 닮은 묘한 감정이 묻어났다. 정신은 느릿한 손짓으로 눈이 부신 환함을 직면하려 들어 올렸던 손을 내렸다. 그러자 그 앞에서는 마치 옛날 옛적의 드라마가 화면에 틀어지는 듯 어떠한 광경이 연출되고 있었다. 그것도 정신의 눈 앞에서. 저기 앞에 보이는 해연과, 해연과 비슷한 분위기를 풍기는 중년의 여자가 보였다. 그리고 그 모습을 지켜보는 '정신'까지도.

"내가 저기 있었다니 ⋯."

정신은 커진 눈으로 앞으로 조금 더 걸어갔다. 그런데 작지만 뚜렷하게 '정신'의 목소리가 들려왔다. 그랬다. 그건 나의 목소리.

[저 여자, 슬퍼 보여.]

정신은 믿을 수 없다는 눈으로 걸음을 멈췄다. 해연과 비슷한 분위기를 풍기는 여자가 뒤를 돌아 걸어가자 해연은 슬픈 얼굴로 힘없이 바닥으로 쓰러졌다. 정신은 황급히 고개를 돌려 '정신'에게 시선을 고정시켰다. 해연의 쓰러짐을 바라보고 있던 '정신'은 표정 없는 얼굴로 뒤를 돌아 걸어갔다. 정신은 얼굴을 구기며 소리쳤다.

"안 돼! 가지 마!"

아랑곳하지 않은 듯 뒤를 돌아 유유히 멀어지는 '정신'이 보였다.

"가면 안 돼! 가지 말라고!"

정신은 눈물을 흘리는 얼굴로 고개를 들어 소리쳤다.

"제발! 제발 가지 마! 제발 ⋯."

그렇지만 '정신'의 모습이 더 이상 보이지 않았다.

천천히 고개를 떨어트리는 정신의 얼굴에서는 많은 양의 눈물이 힘을 잃은 채 바닥으로 떨어져 내렸다. 망부석이 되어버린 정신은 돌아갈 수 없는 시간을 탓하며 흐르는 눈물을 닦을 새도 없이 바닥에 털썩 주저앉았다. 시간의 흐름은 깨져버린 채로 또다른 시간을 가득 채우고 힘을 잃어 주저 않은 정신에게 놓여졌다. 정신은 얼굴을 구기며 작은 울음을 터트렸다. 다시는 갈 수 없는 그렇게 오지 않을 사람아. 정신은 어린 아이처럼 엉엉 눈물을 쏟아냈다. 나의 사랑아.

　정신은 눈물이 범벅된 얼굴로 슬며시 고개를 들어올렸다. 바닥에 쓰러져 그대로 누워있는 해연이 보였다. 순간, 손에 쥔 주먹에 힘이 들어갔다. 그녀의 슬픔을 한심하게 바라보고만 있을 수 없다. 그것은 가라앉은 공기 속의 새로운 바람이었다. 어둠속에 빛이었다. 정신은 더 이상의 회의가 앉을 자리를 내어주지 않을 사람처럼 자리에서 벌떡 일어났다. 그리고는 이내 성큼 성큼 발걸음을 내딛으며 단단히 뱉어냈다. 그랬다. 사랑은 타이밍이다.

　"바꿀 수 있어."

　정신은 빠른 걸음으로 빛의 계열이 어긋나있는 곳을 향해 점점 돌진했다. 그리고 저 안에는 슬픔에 지쳐 쓰러져있는 해연이 있었다. 정신의 걸음이 더욱 빨라지기 시작했다. 빛의 계열이 분산되어 어떠한 막을 형성하는 곳으로 정신은 망설임 없이 뛰어들었다. 시간의 얇은 빛에 막을 통과하자 온몸의 차가운 전율이 흘렀다. 과거의 시간 속으로 들어온 것이었다. 빛의 균열이 이르는 곳은 어떠한 바람이 없었다. 그리고 어둠도 없다. 정신은 고개를 돌려 바닥에 쓰러져 있는 해연에게 재빠른 걸음으로 다가가 거칠어진 호흡을 내쉬며 자세를 낮췄다.

"해연 씨!"

해연의 정신이 깨어 있었다. 정신은 불안한 얼굴로 해연의 눈물 젖어 떨고 있는 어깨를 감싸 안았다.

"정신 차려요! 해연 씨! 일어날 수 있겠어요?"

정신의 목소리에 두 눈을 뜨며 더욱 많은 양의 눈물을 흘려보내는 해연의 얼굴이 정신의 불안함이 깃든 얼굴과 마주했다. 그러더니 해연은 어느 사이 놀란 얼굴을 감추지 못하며 중얼거렸다.

"넌 …. 그때 그 ….."

말을 멈춘 해연은 다시 어떠한 기억을 되찾은 듯 뱉어냈다.

"정신."

정신의 불안한 숨을 거칠게 내쉬고 있던 얼굴에 점점 희미한 미소가 번져갔다. 지금 이 순간이 마법 같은 것을 당신은 모르겠지. 해연의 어깨를 감싸안고 있던 정신의 팔에 힘이 들어갔다. 이내 정신은 자신의 팔에 의지하고 있는 해연의 가는 몸을 천천히 일으켰다. 해연은 그새 다리에 힘이 붙었는지 땅에 똑바로 서 정신을 올려다봤다. 무언가의 물음을 던지는 시선이었다. 정신은 곤란한 얼굴로 어떻게 얘기를 꺼내면 좋을지를 찾다가 금방 편안한 얼굴을 하며 입을 떼어냈다.

"……. 곧 크리스마스잖아요. 잘하면 비도 올 것 같아."

하늘을 쓱 한 번 올려다보는 정신을 가만히 바라보던 해연은 얼굴에 묻은 눈물 자국을 닦아내고는 지그시 정신을 바라봤다. 해연이 물어온 물음이 아니었다. 정신은 희미하게 미소 지었다. 그녀의 눈빛에 다시 닿는다. 여기, 지금. 사랑할 수 있는 곳에 있다. 해연의 물음어린 시선을 말없이 마주하던 정신은 어느 사이 물기로 흐릿해진 눈을 하며 입을 떼어냈다.

"함께 하고 싶어요."

해연의 눈물 그친 얼굴이 기울어졌다. 그 속에 분명한 감정이 있었다.

"왜요?"

변해버린 시간 속에서도 다시 한 번 물음을 던지는 변함없는 해연의 말에 정신은 진정으로 행복한 사람처럼 큰 웃음을 지어 냈다. 아, 나의 사랑아.

그리고는 해연의 작은 손을 붙잡았다. 정신의 그 환한 얼굴은 빛을 아는 이의 얼굴이었다.

"내가 많이 …. 좋아하니까. 사랑해요, 많이."

미묘한 떨림이 그대로 전해져, 분홍빛으로 물든 정신의 얼굴. 이를 가만히 바라보던 해연의 얼굴에도 서서히 태양의 빛이 환하게 비쳤다. 다시, 별빛에 닿은 것이다.

15장. 헤어질 때에도 만날 때에도, 안녕

프러포즈를 받을 줄 알았던 여자는 남자에게 차였다. 여자는 집으로 돌아와 자신의 방으로 들어갔다. 남자를 씹었다. 오직 남자를 위한 비난의 화살을 꽂았다. 여자는 바둑알이 된 것 같았다. 눈물이 났다. 여자에게 당당하게 비난의 화살을 꽂는 남자의 얼굴이 떠올랐다. 남자는 그게 그렇게 쉬워졌다. 그렇게 생각하니 눈물이 멈추질 않았다. 그게 너무 슬펐다. 여자는 심호흡을 했다. 그러나 남자를 씹는 걸 멈추진 않았다. 여자는 재빠른 손짓으로 이어폰을 귀에 꽂아 넣었다. 듣기 좋은 노래가 여자의 마음에 안정을 주고 있었다. 이내 여자는 눈물을 글썽이며 스르르 힘 잃은 몸을 눕혔다. 남자가 여자에게 들려줬던 노래였다. 여자는 괘씸한 듯 노래를 껐다. 여자는 조용히 눈물을 흘리는 두 눈을 감아내며 중얼거렸다. 많이 좋아한다고 말하고 싶었다.

대백병원의 북적임마저 소리를 죽인 오후였다. 곧 해연의 안녕을 준비하는 오후처럼 말이다. 일과를 끝낸 경진은 미리 챙겨온 정장을 꺼내 입으면서 문득 생각나는 한 녀석이 거슬려 휴대폰을 꺼내들었다. 병원 앞에서 전화하라고 얘기했건만 아직도 깜깜무소식인 휴대폰에 혹시라도 부재중 전화가 걸려있나 살폈다. 그러나 없다. 경진은 정신에게 통화를 걸며 휴대폰을 귀에 갖다 대었다. 잠시 후 경진은 의아한 얼굴로 고개를 기울이며 통화음만 되풀이되는 휴대폰을 내려놓고는 중얼거렸다.

"이 자식이 …. 바로 앞이라더니."

경진은 이상함을 느꼈지만 이내 대수롭지 않다는 듯 마저 정장 바지의 매무새를 정리하곤 수면실을 빠져나왔다.

"선생님."

조금 급한 얼굴로 수면실 문을 닫아 나오던 경진은 고개를 돌렸다. 환자복을 입은 여자 아이였다. 경진은 금방 부드러운 표정을 지어냈다.

"그래, 무슨 일이야?"

여자 아이는 빙그레 미소 지었다.

"오늘이 토요일이죠?"

경진은 조금 걸어가 천천히 자세를 낮췄다.

"그래. 기다리고 있는 일 있니?"

여자 아이는 다시 싱그러운 미소를 짓는다.

"네. 엄마가 오는 날이거든요."

경진은 부드럽게 미소 지었다.

"좋은 날이구나."

여자 아이는 고개를 끄덕였다.

"네."

말을 뱉고는 여자 아이는 뒤를 돌아 복도를 뛰어간다. 경진은 부드러운 얼굴로 낮췄던 자세를 바로 서고는 얼마 지나지 않아 엘리베이터로 발걸음을 옮겼다.

태양의 빛이 아직까지 대지 위를 군림하고 있는 오후. 정장 차림을 한 수 많은 사람들 속에서 일일이 얼굴을 비춰가며 형식적인 인사를 해내가던 해성은 누군가를 기다리는 얼굴을 했다. 사람들과 일일이 눈을 맞추며 간단한 인사를 하던 해성의 곁으로 역시 검은 정장 차림을 갖춘 경진이 조금 빠른 걸음으로 다가왔다. 경진은 해성의 눈치를 살폈다. 혹시라도 자신이 늦은 것이 아닐까 걱정을 놓을 수 없었다. 경진은 말없이 편안한 얼굴로 사람들을 맞이하는 해성을 바라봤다. 특별히 어떠한 서운함은 없는 얼굴이었다. 방황의 바람을 지난 사람의 얼굴 그러니까 평온한 얼굴이었다. 연애라도 하는 사람 같았다. 아님, 사랑을 만난 사람이라든지.

"1년 차가 이렇게 나와 있어도 되고 참 좋아졌다."

몇 명의 사람들과 악수를 더 하던 해성이 자신의 곁에 가까이 붙어있는 경진에게 고개를 돌리며 말했다. 경진은 어색하게 웃으며 어금니를 물었다. 역시나, 괜한 오지랖이었다. 불편한 웃음을 흘리는 경진을 힐끔 쳐다보던 해성의 입가가 조금 길어졌다.

"해연 누나가 보면 또 너만 좋아하겠네."

경진은 괜히 코를 비볐다.

"원래 날 더 좋아하셨어."

뒤에 '이 자식아'라는 말은 빼주기로 했다. 그 대신 편안한 미소를 지어냈다. 슬픈 얼굴로 병원을 빠져나와 멍하니 이곳에 도착하고 어느덧 해성의 평온한 얼굴과 마주하는 경진의 얼굴에도 마치 기다렸다는 것처럼 평온이 찾아들어와 그를 안정하게 했다. 경진은 느릿하게 해성에게 시선을 두었다. 해성은 고개를 돌려가며 누군가를 찾고 있었다. 경진은 그 모습을 바라보다가 아무런 거리낌 없이 물었다.

"누구 찾아?"

검은 복장을 한 사람들 속에서 주위를 살피던 해성은 약간 고개를 기울이며 중얼거렸다.

"올 줄 알았는데 ….."

경진은 전보다 조금 가벼운 걸음으로 해성에게 가까이 다가갔다. 그녀의 죽음을 슬픔으로 맞이하지 않을 수 있어서 그게 좋았다. 그리고 그녀도 그렇겠지. 경진의 얼굴에 조금 슬픈 미소가 떠올랐다. 그렇지만 이내 도로 고개를 저어내며 아직도 주위를 둘러보면서 누군가의 존재를 찾는 해성에게 시선을 멈췄다. 경진은 걸음을 내딛으면서 물었다.

"아까부터 뭘 그렇게 찾아? 숨겨둔 애인이라도 있니? 누구 …. 설마 …."

점점 입을 벌리는 경진을 쓱 한 번 쳐다보던 해성이 순간적으로 이질적인 표정을 지어냈다.

"누나가 너 싫어하겠다."

해성의 급 무거워진 표정을 확인한 경진은 얼떨떨한 얼굴로 뒷머리를 긁적였다.

"야 …. 해연 누님이 싫어하시는 건 안 하지. 그리고 해연 누님이랑 서윤이랑 왜 섞여, 섞이길. 웃긴 놈이네."

주위를 둘러보던 해성은 고개를 돌려 경진의 사람 좋은 얼굴에 시선을 멈췄다.

"너 내가 서윤이 만나는 건 어떻게 알아?"

경진은 넌지시 어깨를 으쓱 들어올린다.

"네가 어렸을 때부터 좋아했으니까. 지난번에도 그렇고."

해성은 해괴한 눈빛으로 경진의 얼굴을 유심히 훑었다. 둔한 인간인지 예리한 인간인지 아직까지 구분이 안 갔다.

"네가 찾는 사람 서윤이 인줄 알았는데. 그럼 누구 찾는데?"

해성은 체념어린 걸음으로 경진에게 가까이 걸어오며 말했다.

"서윤이 아니야. 해연 누나가 좋아하는 사람."

경진은 커진 눈으로 가까이 다가온 해성에게 시선을 두었다.

"해연 씨가 …. 좋아하는 남자가 있었어?"

그리고는 머리를 굴리듯 이리저리 눈동자를 옮겨가고는 다시 해성에게 시선을 뒀다.

"누나 장례식에 왔었어? 난 못 봤는데 ⋯."

해성은 느릿한 시선으로 주위를 둘러보며 고개를 끄덕인다.

"누나가 어렸을 때 좋아했던 남자야. 둘이 만났던 것 같더라."

경진은 점점 이상하다는 얼굴로 고개를 기울였다. 느낌이 이상했다. 해성은 시선을 멀게 두며 슬픈 얼굴로 말을 이었다.

"되게 슬프겠다. 우리 누나."

경진은 혼란스런 표정을 감추지 못한 채. 여전히 주위를 느릿하게 훑어보고 있는 해성에게 조금 급한 사람처럼 물었다.

"⋯⋯. 그 남자를 네가 봤어? 그 남자 이름도 알아? 그 남자 이름이 ⋯. 혹시 ⋯."

그때. 비가 내리기 시작했다. 검은 복장을 한 사람들은 비를 피하려 우르르 한꺼번에 건물 안으로 들어갔다. 혼란스러움 속에서 내리는 비를 맞고 우뚝 서 있는 경진에게 파란 우산이 내밀어졌다. 복잡한 얼굴로 사색을 하던 경진은 자신 앞에 내밀어진 파란 우산을 보고는 우산을 내민 해성에게 시선을 옮겼다. 비에 젖어도 괜찮은지 그것이 아니면 이미 작정한 것인지. 해성은 빗물에 젖은 얼굴로 희게 웃어 보이며 말했다.

"누나 우산이야. 네가 쓰면 좋겠고."

해성이 내민 파란 우산을 받아들며 경진은 곤란한 표정을 지었다.

"네가 써야지 …. 이걸 어떻게 내가 …."

해성은 아쉬운 얼굴로 스르르 웃어버린다.

"내 것도 아니야. 그 남자 오면 주려고 했는데 …."

경진은 눈을 깜빡거리며 천천히 손에 들린 파란 우산을 펼쳤다. 그리고 천천히 해성에게 걸어가며 중얼거렸다.

"이게 그 남자 우산이라는 건 어떻게 알고 …."

해성에게 닿은 경진의 걸음이 우뚝 멈춰 섰다. 해성은 얼굴에 빗물이 젖은 채로 경진의 곁으로 가까이 걸어와 그가 펼쳐든 파란 우산 속으로 들어왔다.

"누나가 비 맞는 걸 좋아했거든. 하늘도 아는 거야."

말없이 사색이 되어 우산 손잡이에 시선을 두는 경진을 보고는 해성은 비스듬히 웃으며 입을 열었다.

"글씨 귀엽지 않냐."

해성은 사랑스러운 시선으로 우산 손잡이에 남아 있는 어린 해연의 글씨를 바라봤다.

'정신이 꺼.'